Las voladoras

VOCES / LITERATURA

COLECCIÓN VOCES / LITERATURA 302

Esta obra ha recibido una ayuda a la edición del Ministerio de Educación, Cultura y Deporte.

Nuestro fondo editorial en www.paginasdeespuma.com

Mónica Ojeda, *Las voladoras*
Primera edición: octubre de 2020
Sexta edición: octubre de 2023

ISBN: 978-84-8393-282-7
Depósito legal: M-18696-2020
IBIC: FYB

© Mónica Ojeda, 2020
    c/o Agencia Literaria CBQ, SL
    info@agencialiterariacbq.com
© De la ilustración de cubierta: Marcela Ribadeneira, 2020
© De esta portada, maqueta y edición: Editorial Páginas de Espuma, S. L., 2020

Editorial Páginas de Espuma
Madera 3, 1.º izquierda
28004 Madrid

Teléfono: 91 522 72 51
Correo electrónico: info@paginasdeespuma.com

Impresión: Cofás

Impreso en España - Printed in Spain

Mónica Ojeda

Las voladoras

PÁGINAS DE ESPUMA

ÍNDICE

Las voladoras   11
Sangre coagulada   17
Cabeza voladora   31
Caninos   45
Slasher.   59
Soroche   77
Terremoto   95
El mundo de arriba y el mundo de abajo   99

de todas las huellas/ escoge la del desierto
de todos los sueños/ el de las bestias
de todas las muertes/ escoge la tuya propia
que será la más breve y ocurrirá en todas partes

Mario MONTALBETTI

Miren así las huecas cordilleras   los Andes   son hoyos del horizonte

Raúl ZURITA

Las voladoras

De villa en villa, sin Dios ni Santa María

«Las voladoras», relato oral de Mira, Ecuador

¿Bajar la voz? ¿Por qué tendría que hacerlo? Si uno murmura es porque teme o porque se avergüenza, pero yo no temo. Yo no me avergüenzo. Son otros los que sienten que tengo que bajar la voz, achicarla, convertirla en un topo que desciende, que avanza hacia abajo cuando lo que quiero es ir hacia arriba, ¿sabe?, como una nube. O un globo. O las voladoras. ¿A usted le gustan los globos? A mí me encantan, sobre todo los que mamá ata a los árboles para espantar a los animales del bosque. A las voladoras no les gustan los globos y siempre los revientan. Hacen ¡bam!, y con eso yo ya sé que son ellas. Mamá les grita mucho: les lanza zapatos, les lanza tenedores. Pero las voladoras son rápidas y lo esquivan todo. Esquivan los cascos de los caballos de papá. Esquivan los balidos de las cabras. Yo he llorado mucho por esto, y si ya no lo hago es porque me dan miedo las abejas que se prenden de mis pestañas. Si quiere que se lo explique bien, míreme. En mi cara está toda la verdad, la que no tiene palabras sino gestos. La que es materia, la que se escucha y se toca. Verá, es cierto que las voladoras no son mujeres normales. Para empezar tienen un solo ojo. No es que les falte uno, sino que solo tienen un ojo, como los cíclopes. Yo soñé con una de ellas antes de que entrara a nuestra casa por la ventana de mi habitación. La vi sentada, rígida, dándole de beber sus lágrimas a las abejas. Pocos saben que las voladoras pueden llorar, y los que saben dicen que las brujas no lloran de emoción, sino de enfermedad. La voladora entró llorando con su único ojo y trajo los zumbidos a la familia. Trajo la montaña donde jadean las que aprendieron a elevarse de una forma horrible, con los brazos abiertos y las axilas chorreando miel. A papá le disgusta su olor a vulva y a sándalo, pero cuando mamá no está le acaricia el lomo y le pregunta cosas muy difíciles de entender y de repetir. En cambio, si mamá está presente, él intenta patearla para que salga de la casa, le escupe, se saca el cinturón y golpea las puertas y las paredes como si fueran a gemir. En secreto, yo dejo las ventanas abiertas por la noche para escuchar el rezo de los árboles. Los oigo y me arrullo con ellos aunque a veces también me da escalofríos el negro fondo de sus oraciones. La voladora tiene el pelo negro, ¿sabe?, como el mío y como el canto de los pájaros del monte. La siento acurrucarse entre mis piernas en las madrugadas y me abrazo a ella porque, como dice papá cuando mamá no lo ve, un cuerpo necesita a otro cuerpo, sobre todo en la oscuridad. He aprendido a amar sus lágrimas. Usted no sabe lo que es amar un pelaje como si fuera un cabello, pero verá: en mis sueños, la voladora tiene un paisaje y una tumba. Tiene montañas y un muerto al que llorar. Yo nunca he sabido por qué llora ni por qué sus lágrimas sirven de alimento para el zumbido divino. ¿Sabe usted que el sonido que hacen las abejas es la vibración de Dios? Mamá le teme a los panales por eso. Y odia a la voladora porque es una mujer que inquieta a los caballos y le da de beber su tristeza a las abejas. «No es nuestra», dice sudando y tocándose el cuello. «No queremos su silencio». Y es que ella mira a mamá con su único ojo sin hablar. Es esa falta de palabra lo que más molesta a los caballos. Las cabras, en cambio, se tranquilizan si la voladora llega seguida por un enjambre y moja la tierra con su llanto. Yo no entiendo por qué mamá la odia y a la vez la observa con las mejillas rojas y calientes. No entiendo por qué a papá se le tensa el pantalón. La montaña es el verdadero hogar de las voladoras, una casa que siempre nos ha dicho cosas importantes, pero en la mía está prohibido acercarse. Según mis padres es un templo de sonidos terribles, de ruidos de pieles, uñas, picos, colas, cuernos, lenguas, aguijones… Allí se van volando las abuelas, madres e hijas que se extravían, pero lo que más me da miedo es el sonido de las plantas. Esos crujidos verdes que llaman a la voladora y la alejan de mis caderas. Fue mi padre el primero en enseñarme que Dios es tan peligroso y profundo como un bosque. Por eso nuestros animales están domesticados y jamás traspasan las vallas, salvo uno que otro caballo enloquecido por la divinidad. Cuando un caballo enloquece, papá dice que es porque el-Dios-que-está-en-todo despierta en el corazón del animal. «Si algo tan grande como Dios abre los ojos tras tus huesos, tú te disuelves como polvo en el agua y dejas de existir», me dijo. Pero la voladora es el bosque entrando a nuestra casa y eso no había pasado nunca. Nunca habíamos sentido el delirio divino tan cerca, ni tampoco su deseo. Porque en el fondo, créame, yo le estoy hablando del deseo de Dios: el misterio más absoluto de la naturaleza. Imagine ese misterio entrando a su casa y ensanchándole las caderas. Imagine a las plantas sudando. Imagine las venas brotadas de los caballos. La voladora hace que papá se manche los pantalones y que mamá cierre muy fuerte las piernas. Hace que yo me unte las axilas con miel y suba al tejado a probar el aire. A pesar de eso la amamos y el amor tiene su propia forma de conocer, ¿entiende? Yo amo su pelaje como si fuera un cabello. Amo su naturaleza. El día en que sangré por primera vez ella desapareció durante una semana. Mamá fingió ponerse contenta, pero en las madrugadas regaba leche en el suelo de la cocina que luego lamía con toda su sed. Se subía al tejado con las axilas como un panal. Volaba unos metros. Caía desnuda sobre la hierba. Papá y yo la veíamos sufrir a escondidas y, a la mañana siguiente, la escuchábamos decir: «Creo que se ha ido para siempre». Pero la voladora regresó y lloró sobre mis pezones con su único ojo y mis pezones, grandes y oscuros como los rezos de los árboles, despertaron. Espero que lo entienda: un ser así trae el futuro. Y después de unos meses yo empecé a hincharme y todos los caballos enloquecieron. Todas las cabras durmieron. Usted tiene que explicarle a la congregación que esto fue lo que sucedió: que a papá le turbaba que yo durmiera con el zumbido de las abejas. Sudaba. Se tocaba debajo de los pantalones. Mamá, en cambio, se cortó el pelo y lo enterró al pie del manzano más viejo del bosque. Tiene que contarles que la voladora llora y revienta los globos y vacía los panales, pero que yo amo su pelaje como a un cabello. ¿Qué se hace cuando una familia siente cosas tan distintas y tan similares a la vez? Yo rezo hacia arriba y el ojo de la bruja se tuerce. Suben las abejas. ¿Sabe usted lo que hace en la sangre el zumbido de los panales? Las lágrimas mojan mi cuerpo por las noches. Todavía duermo con la voladora y, a veces, papá mira igual que un caballo en delirio la línea irregular de la valla que separa nuestra casa del promontorio.

Yo no me avergüenzo del tamaño de mis caderas. No bajo la voz. No le tengo miedo al pelaje. Subo al tejado con las axilas húmedas y abro los brazos al viento.

El misterio es un rezo que se impone.

Sangre coagulada

Me gusta la sangre. Alguna vez me preguntaron: «¿Desde hace cuánto, Ranita?». Y yo respondí: «Desde siempre, Reptil». No recuerdo un solo día que no haya abierto mi cuerpo para ver la sangre brotar como agua fresca.

Agua pura de jardín.

Agua tibia de amapola.

Recuerdo que de niña me caía a propósito. Me quitaba las costras y las dejaba sobre las sábanas, la bañera, el plato frío de Firulais.

Tocaba mi sangre. Olía mi sangre.

Recuerdo la piel de gallina. Hay tantos colores que si los juntas parecen un arcoíris malo y bruto, pero yo soy como los inuit: veo cientos de rojos cuando abro una herida y la araño para que se manchen mis uñas de verdad.

Me gusta que las uñas se ensucien por debajo, que parezca que se van a salir. Que se noten mis huellas digitales. Que atardezca y se oxiden las nubes.

A veces cuento los tonos y me pierdo con tanto número largo, tanto número feo. También he intentado nombrarlos en mi cabeza:

rojo caracha

rojo terreno

rojo aguja

rojo raspón.

Pero luego olvido los nombres y tengo que inventarme otros:

rojo canoa

rojo hígado

rojo pulga.

Yo recuerdo todo. Por ejemplo, mi piel de gallina y la cabeza de gallina rodando en círculos junto a los pies de la abuela. Son dos cosas distintas pero iguales: mi piel levantada, la cabeza caída dibujando la forma de un vientre hinchado. Una redondez perfecta, como Dios.

«El tiempo es una circunferencia», decía la abuela.

Ella era gorda y besaba a los animales antes de decapitarlos o degollarlos.

Los besaba en el cogote.

Los besaba en las pezuñas.

Sus cabezas caían rodando sobre un mismo eje igual que un trompo o en espiral, como la concha de un caracol.

Geometría divina.

A veces yo beso la sangre de los animales y los labios se me ponen pesados, urgentes. Me quedo así hasta que la sangre se seca y se pone rojo oscuro.

Rojo pelo de árbol.

Rojo cabeza de montaña.

También beso mi sangre, pero menos, porque me da vergüenza. Es un gesto privado como cuando cierro la puerta, me miro al espejo y me pego.

Son bonitos los chichones:

los hematomas

los cardenales

los moretones.

Son parecidos al interior de una cueva, a las piedras que recojo del río y pongo debajo de mi almohada para escuchar el torrente. Funciona, aunque mami diría: «¡No seas estúpida, tarada!».

Según mami yo ya soy tarada, pero no estúpida.

Según mami todavía puedo salvarme de la estupidez.

Cuando tenía diez años ella me dejó con la abuela para que aprendiera cosas. Ahora estoy aquí con los caracoles, los mosquitos y las culebras. Con las ranas, los caballos y las cabras. Lavo los platos, barro el piso, cuido de los animales, restriego la espalda de la abuela con una piedra gris, recojo sus pelos blancos, le corto las uñas de las manos y de los pies, seco las plantas y las hierbas, ayudo a cocinar los remedios que enferman a las chicas, canto una canción inventada por la noche que dice: «Ai, ai, ai, las niñas lloran, las ranas saltan, los pollitos pían, pío, pío, las vacas mugen, muuu, los hombres jadean, aj, aj, aj, las lechuzas ululan, uuu, uuu, las niñas lloran, ai, ai, ai».

La abuela dice que tengo voz de cencerro, voz de lechón triste. Dice que mami me abandonó y que no va a volver. «Se fue porque tienes el cerebro redondo», me explicó. «Y tus ideas se caminan por encima».

A mí me gusta que los animales dibujen mi cerebro sobre la hierba fresca: un órgano brillante y bonito, como Dios oculto en las formas interiores. Hay personas que no lo entienden. Por ejemplo, mami nunca ha degollado a una vaca, nunca le ha abierto el vientre a un cerdo. No sabe que las cabezas ruedan en círculos y sueltan sangre rojo músculo.

Sangre rojo arcilla.

Sangre rojo vino.

En cambio Firulais una vez le arrancó la cabeza a un gato. Yo creo que por eso se hacía pis en las alfombras, en la bañera, en el sofá. A mami no le gustaba limpiar nada de eso. «Guau, guau», decía y mojaba de un amarillo azufre la casa vieja. Entonces yo fregaba el piso con las manos hasta que la piel se me caía en láminas muy chicas. Luego me sentaba a contar los pedazos de mi piel muerta: tres, cuatro, siete, diez, quince, veinte… y me perdía con tanto número largo, tanto número horrible.

A veces me corto y eso está mal. Eso está enfermo. La primera vez que lo hice se me hincharon las mejillas y mojé mis calzones. Cortarse es difícil, caerse duele mucho, pero cuando mi carne se abre veo agua de corazón y tiemblo. Yo sé que ese líquido que brota de mí es sucio y transparente. Sé que me hace frotarme donde no debo y que crece cuando me hago cortes en las piernas y en los pies.

Hace tiempo vi con mami una peli de vampiros y me sentí vampiro, solo que a mí sí me gusta el sol.

Me gustan las plantas, el chocolate, los caballos, las escaleras de grandes escalones, Firulais, las bañeras limpias, los ojos blancos de los corderos, el olor a caca de vaca. Me gusta el río y el rojo oxidado de la coagulación de la tierra. Me gusta Reptil, aunque ya no pueda hablarle. Me gusta mami, pero desde que vio mis cortes me mandó al páramo. Yo sé que ella le dijo mentiras a la abuela: que me robo tampones usados de la basura. Que canto canciones raras en las noches de luna llena. Que me corto el vello púbico. Que he aprendido a ser bruja: que es culpa de la abuela que yo huela a sangre y a genitales.

Cuando iba al colegio también me lo gritaban las otras niñas: hueles a calzón, decían. Pero ellas no saben a qué huele eso de verdad.

A cabras en celo.

A parto.

Es cierto que la sangre puede comerse. Cuando se coagula, deja de ser líquida y se transforma en alimento. Yo conozco la belleza de los coágulos como niños pequeños colgando del pelaje de las cabras. Los toco y sonrío porque son mis bebés. Mami no soporta que hable de la forma de la sangre. Le da miedo el páramo y le da miedo la abuela. A mí no me da miedo la piel de gallina, la cabeza de gallina. No temo al cuello de la vaca, ni a los intestinos del cerdo, ni a las cabras que lloran y gritan por las noches mojando la tierra con su solitaria leche. Nada que venga del interior de los animales me asusta porque ese interior de huesos y de arterias se parece al mío.

«Adentro tenemos la espesura de la muerte como un árbol», decía la abuela cuando estaba fuerte y gorda y afilaba su machete frente a los lechones. Se bamboleaba entre ellos con su mandil de carnicera siempre sucio. Olía a cebolla. Olía a cartílagos. Por el día les hablaba a los animales y los besaba con ternura tosca en la cabeza antes de degollarlos o decapitarlos. Por la noche me besaba en el cogote y era un beso tan rápido que apenas lo sentía.

«Abuela, me besas igualito que a los animales», le dije una vez y ella me sonrió.

Muerte granate.

Muerte escarlata.

Muerte bermellón.

Muerte carmesí.

No sé por qué la gente piensa que la muerte es negra. Llevamos ríos rojos y una arboleda que estalla si se la rompe, pero todo está oculto bajo la piel de gallina, cacareando. Hay que abrir el cuerpo para ver la belleza de la sangre: matar, devolver a la tierra el tamaño de la raíz sanguínea. Si le cortas el cuello a una vaca, ella chilla y los ojos se le ponen blancos mientras cae y patea el viento. Ves el rojo como un torrente, como un río sin piedras saliendo de su herida. Dejas brotar la belleza porque la muerte dura un instante y luego se va y lo que queda es el muerto, y los muertos son feos.

Mami no entiende la diferencia.

Tampoco entiende lo que hacemos con las chicas.

Al principio yo creía que venían a que les sacáramos los vientos malos de montaña. Que llegaban tristes por culpa de los malaires, enfermas, con el pelo sucio y la mirada apenas flotando sobre el monte. La abuela siempre las trataba bien. Les acariciaba la cabeza y les preparaba un remedio para que vomitaran antes de meterles la mano en el vientre.

Yo vi a Reptil hacer casi lo mismo con algunos animales de la finca.

Extraía potrillos.

Extraía terneros.

Pero con las chicas era distinto porque ellas tiraban coágulos y trozos densos sobre la cama. Era como un parto pero al revés, porque en lugar de salir algo vivo salía algo muerto. «La muerte también nace», decía la abuela, y yo recogía los coágulos como niños pequeños. Algunas chicas nos miraban mal, se limpiaban rápido y ni siquiera se detenían a observar su interior sobre las sábanas. No tenían ninguna curiosidad, ninguna gana de conocerse. Se marchaban rápido dejando parte de sus cuerpos con nosotras. Según Reptil eso era porque al otro lado del río contaban que la abuela era una bruja.

Que su cabeza volaba sobre los tejados por las noches.

Que ponía sangre coagulada bajo las camas de los dormidos.

Yo recuerdo la primera vez que me cayó un coágulo de entre las piernas. Estaba en el corral, junto a las gallinas. Lo sostuve en mis manos y lo miré por horas: parecía un huevo roto, crudo, recién salido de un lugar tibio y con plumas. Me puso contenta que mi vientre me diera ese regalo, que ya no tuviera que caerme, cortarme o golpearme todos los días para disfrutar de mi propia sangre.

Si eres una mujer puedes sentarte sobre las piedras y mancharlas.

Reptil jugó conmigo el primer día que me vio manchar la naturaleza.

Él cuidaba de los caballos, las vacas, los cerdos, las cabras. A cambio, la abuela le daba de comer y le regalaba trozos jugosos de carne. Sus brazos tenían manchas y su barriga era peluda como la de un oso. Le faltaba un ojo, el derecho. Yo le decía: «Mira cómo mancho, ¿viste?, ya soy grande». Y él me respondía: «Mentira, Ranita, eres chiquitita».

Él me llamaba Ranita porque me la pasaba saltando.

Yo lo llamaba Reptil porque tenía la piel escamosa.

Juntos atrapábamos lombrices y veíamos la sangre correr por mis muslos. Él me abrazaba, me hablaba de su hija y de lo difícil que era ser padre de una niña guapa. Yo le contaba que nunca había conocido al mío, pero que algún día le preguntaría a mami, que algún día sabría cómo era. Entonces él me decía: «Pobre Ranita que no tiene papi», y me daba besos distintos a los de la abuela. Besos babosos con mal aliento.

En ese tiempo Reptil hacía mucho por nosotras. Ayudaba a parir a los animales. Repartía el abono. Alimentaba a los cerdos. Le quitaba las garrapatas al ganado y las aplastaba con sus uñas contra la valla. Mantenía lejos a los niños que cruzaban el río para insultarnos. Comía con nosotras y jamás preguntaba por las chicas. Frente a la abuela él apenas me dirigía la palabra, pero a veces, si estábamos solos, me pedía que le hablara de Firulais y yo lloraba porque lo extrañaba mucho y en la finca no teníamos perro. Otras, me daba de beber algo amargo que me hacía dormir en los matorrales. Cuando despertaba volvía a casa con cansancio y dolor entre las piernas, pero fingía estar bien para que la abuela no se enojara.

«¡Trabaja!», me exigía si me veía ociosa.

Dejé de ir al colegio porque la maestra gritó que ella solo educaba a niñas normales. Mami le gritó de vuelta: «¡Puta asquerosa!». Y luego a mí: «¡Vas a irte con la abuela a aprender lo básico!».

A respirar por la nariz.

A contar hasta cien.

Aquí he aprendido que si te echas dos gotas de leche de cabra en el ojo se te cura la infección. Que el agua de culebra envenena y el agua de caballo sana. Que un lechón puede nacer sin romper la placenta, protegido en el ámbar tibio de su madre, y que si lo sostienes en tus manos es igual que aguantar un globo lleno de pis. Que las vacas lloran. Que los mosquitos jamás le pican a la abuela porque tiene la piel dura como una iguana. Que los genitales duelen. Que las personas saben pensar y yo no porque tengo el cerebro redondo. Que el tiempo es como el sol que se repite cada día y se enferma cada noche.

Que los hombres jadean: aj, aj, aj.

Que las niñas lloran: ai, ai, ai.

Una vez vino una niña con su mami, soltó sangre y coágulos en mi barreño y le escupió a la abuela en la cara. Eso me dio mucha rabia. Eso me hizo enfadar. Quise darles un beso en el cogote y cortarles la cabeza, pero la abuela no me dejó vengarme. Dentro del barreño había coágulos y restos muy rojos del tamaño de un diente de ajo. Al tocarlos empecé a sudar. A veces sudo aunque no haga calor. Cuando se fueron le pregunté a la abuela: «¿Por qué las ayudamos si son malas?». Y ella me dijo: «Aquí somos así, mijita».

También recuerdo que una noche alguien nos dejó un bebé en el establo y los cerdos se lo comieron. Por la mañana encontramos sus partecitas y tuve que limpiarlo todo yo sola porque la abuela se enfadó un montón. Entonces pensé que si algún día nos comíamos a los chanchos nos estaríamos comiendo sin querer al bebé muerto.

«La vida se come a la vida», decía Reptil echándome su aliento a legumbres rancias. «El hambre es violenta».

A mí me sangraban los genitales en la maleza oscura y el color era rojo bebé, rojo arrebol. Mi menstruación en cambio es rojo lava, rojo zorro. Conozco la diferencia. Sé que las criaturas nacen y mueren y que algunas ni siquiera nacen, por eso no pueden morirse. Esto lo entienden las chicas, lo entendemos nosotras: sabemos distinguir entre el golpe y la biología. De nuestros vientres sale la muerte porque lo que heredamos es la sangre. Y según la abuela alguien tiene que meter la mano con cuidado allí donde duele. Alguien tiene que acariciar la herida. Por eso ella mete la mano muy adentro de las chicas y me enseña a acariciar bien. Su cama huele a fetos y a ombligos sucios, pero a nadie le importa. Todas descansamos en la cama de mi abuela, cerramos los ojos, abrimos las piernas. Respiramos lento en las alturas.

«Cuidado con lo que aprendes», me advirtió la mami de la niña del escupitajo.

Yo sé que hay cosas de las que uno debe protegerse en este mundo, pero no de la abuela que se trenza el cabello para alejarlo de la comida. Antes se paseaba por el monte con el machete en el cinto, ahora va encorvada y ligera hacia el interior de la casa, lista para rezar con las rodillas desnudas. A su lado aprendí a temerle al ojo de grasa de los hombres, a parecer más grande de lo que soy, a imitar su rutina y hacerla mía, a escuchar el río en mi almohada, a comer los coágulos que cuelgan del pelaje de los animales, a caminar sobre mis pensamientos sin vergüenza, a no escuchar las palabras duras de las mujeres, a hervir renacuajos, a decapitar aves, a degollar vacas.

«Esto es lo único que yo puedo enseñarte», me dijo un día triste en que los niños entraron al gallinero y rompieron los huevos que estaban a punto de reventar. «Solo puedo enseñarte lo que sé». No conseguimos hacer nada. Las plumas de las gallinas se pegaron a nuestros cabellos y yo pisé los cascarones como orugas blancas sobre la tierra. Cloc, cloc, cloc, cacareaban las madres saltando de un lado a otro desquiciadamente. Nadie lo sabe, pero un pollito que parecía soñar me susurró que morir es como enterrarse en uno mismo, algo privado y secreto, igual que lo que cubren mis calzones. Luego le pregunté: «¿Puede un huevo romperse dentro de una gallina?». Y él no supo qué responderme.

Por culpa de ese pollo hubo noches en las que soñé que a la abuela se le despegaba la cabeza. Era una cabeza amable y quieta, como la de las gallinas, y volaba en círculos. Geometría divina.

También hubo noches en las que me pregunté cosas. Por ejemplo, por qué el rojo decapitación y el rojo degollación son tan distintos. O por qué Dios hace un círculo con las cabezas de los animales que matamos en la finca. O por qué cuando mi barriga se puso un poco redonda la abuela me desnudó y me hizo sacar la lengua hasta que me mareé.

O por qué me miró largo rato entre los muslos apretando los dientes.

O por qué lloró.

«Perdóname, mijita», me dijo despacio, y a mí me dio pena su llanto de murciélago, su llanto de ratita. Le abracé las piernas peludas con culebras y le pedí un perro bonito parecido a Firulais.

Ella aceptó.

Dos días después comimos con Reptil. Recuerdo su lengua engordando como un gorrión, la sangre púrpura sobre la mesa, las venas de su cuello del tamaño de gusanos fríos, el machete limpio y brillante cortando el viento. Recuerdo que canté duro mientras la abuela lo veía retorcerse. Canté: «Ai, ai, ai, las niñas lloran, las ranas saltan, los pollitos pían, pío, pío, las vacas mugen, muuu, los hombres jadean, aj, aj, aj, las lechuzas ululan, uuu, uuu, las niñas lloran, ai, ai, ai». Recuerdo que lo enterramos entre los matorrales.

Un hombre sangra igual que un cerdo y su cabeza rueda en el mismo sentido que las de las gallinas. La gente no lo sabe, pero es así: la sangre nunca se queda quieta.

Poco después la abuela empezó a adelgazar hasta secarse como una rama. Mis caderas se robustecieron. Nadie me dijo que crecer dolería tanto por debajo del ombligo, ni que el agua de vientre es una ciénaga en la que nada se mueve. Por esas verdades aprendí a aguantar insultos, a sembrar, a no extrañar a mami, a meterle la mano a las chicas, a contarle cosas a las plantas, a matar y a querer lo que mato. También aprendí a contar hasta cien, pero a veces se me olvida.

Aprendí que la sangre de gallina es un tipo de rojo.

También que hay rojo cerdo, rojo vaca y rojo cabrito.

Aprendí a defender a la abuela cuando vienen los chicos. Una vez le lanzaron piedras y le abrieron la frente. Yo nunca había visto su sangre: era rojo martillo, rojo clamor. La vi caerse y por un momento pensé que se le despegaría la cabeza del cuerpo.

Que rodaría hasta los matorrales.

Que dibujaría a Dios en la tierra.

                Se me puso la piel de gallina.

Desde ese día llevo piedras en los bolsillos. Me siento sobre ellas y las mancho para que los invasores se asusten, aunque no siempre logro espantarlos. Cruzan el río, suben y matan algunos de nuestros animales. «¡Brujas de mierda!», nos gritan. «¡Saquen la sangre coagulada de nuestras casas!». Pero las chicas nunca dejan de venir a la finca y los coágulos son de ellas.

Rojo capulí.

Rojo arándano.

Me gusta la sangre porque es sincera. Antes lavábamos las sábanas de las chicas en el río y el agua se ponía del color de los peces. Contaba la verdad, la belleza. Yo tenía trece cuando lavé la mía, llena de mi interior de pececillos tibios.

Ahora limpio las sábanas sola.

Escucho el torrente.

La sangre también me dijo que una cabeza cortada dibuja el tiempo. Que donde una planta estuvo mañana crecerá otra. Que la abuela se hace pequeña para que yo me haga grande. Ella ya no camina, ya no habla, pero a veces grita feo como las cabras la noche antes de la degollación. Yo la escucho y nos defiendo con piedras de los invasores. Crezco fuerte en su sitio porque además de sincera, la sangre es justa.

La sangre dice el futuro y a mí se me caerá la cabeza.

Cabeza voladora

Le dijeron que no mirara las noticias, que evitara abrir los periódicos. Le recomendaron no entrar en redes sociales y, de ser posible, quedarse en casa durante una semana como mínimo, pero ella igual salió. Y en la esquina la abordaron tres hombres con laca en el pelo que le preguntaron cosas absurdas, cosas que le parecieron de mal gusto y al borde del grito. Se pegaron a su cuerpo. Soltaron saliva. Angustiada, caminó rápido para escapar de la humedad de esas voces, de las grabadoras, de los zapatos desgastados, y tropezó con su propio pie. Ninguno la ayudó, sino que continuaron lanzándole preguntas sin sentido, algunas incluso crueles, acercándole agresivamente los dientes a la cara.

En medio de la confusión sintió unas inmensas ganas de vomitar.

Vomitó y salió corriendo.

Esa mañana no fue al campus universitario, sino al parque. Pensó que, contrario a lo que decían sus colegas, respirar aire fresco le haría bien: mirar otro paisaje, ver perros de distintos tamaños restregándose contra la tierra y meando árboles como si el mundo fuera un lugar simple. Así que se internó en el parque del vecindario, el mismo al que Guadalupe solía ir a patinar todos los miércoles, y casi disfrutó de los ladridos y de los pájaros, de los insectos y de las estatuas. Casi olvidó el sarpullido en el cuello, las uñas mordidas. El día le pareció luminoso aunque de un modo inquietante: la luz tenía una tonalidad blanquecina, del color de un hueso limpio, y la gente no hablaba entre sí, aunque se sonreían largamente en los jardines. Más adelante, en los límites de la arboleda, un grupo de niños jugaba a la pelota. Entonces sus manos empezaron a temblar y los temblores le recordaron que el mundo era un sitio horrible donde abandonar el cuerpo.

Habían pasado solo cuatro días desde lo de la cabeza.

En la universidad le dieron una baja forzada. Según el decano era imprescindible que tuviera tiempo para descansar. *Como si tal cosa fuera posible*, pensó ella. Como si fuera posible dormir, comer, respirar, ducharse o lavarse los dientes. Había momentos en los que ni siquiera se sentía capaz de mover las extremidades fuera de la cama y pensaba en las de Guadalupe: en el lugar perdido de la tierra en donde estarían, solas, como frutos desaguándose en medio de la noche. Quizás ni siquiera habían sido enterradas en la ciudad, concluía a veces mordiéndose la lengua. Tal vez sus brazos estaban en el campo y sus piernas en las faldas del Tungurahua o el Cotopaxi. La madrugada anterior había soñado con su torso moreno y menudo bailando en medio de la selva, agitándose, sacando las costillas y los pequeños senos. Era un torso flotante que brillaba como una luciérnaga, que ascendía hacia las altas ramas de un árbol de sangre.

La policía se lo contó cuando la llevaron a declarar: no encontraron el cuerpo de Guadalupe, solo su cabeza. *Pero la cabeza la encontré yo*, pensó rabiosa. La policía no había hecho nada.

Para regresar tuvo que evadir a los periodistas –«¿Qué sintió usted al ver la cabeza de la niña?», «¿Qué tan cercana era a sus vecinos?», «¿Conocía usted al doctor Gutiérrez?», «¿Era él un hombre agresivo?», «¿Cómo describiría la relación entre el doctor y su hija?», «¿Va a cambiarse de barrio?»–, y cuando cerró la puerta notó, por primera vez en días, la ropa tirada sobre el sofá, los platos sucios, los papeles en el suelo. Las pesadillas iban y venían si lograba dormir, pero la mayor parte del tiempo se sentía ansiosa, incapaz de mantener los ojos cerrados. Más de una noche terminó sentada en el patio de su casa, observando la pared que daba al jardín del doctor Gutiérrez. No era que quisiera hacerlo, sino que no lo podía evitar. Su mente regresaba a aquella pared, a la mañana del lunes: al sonido plástico y seco contra los ladrillos que llevaba escuchando durante horas y que creyó era el rebote de un balón.

Le sorprendía que la gente del barrio siguiera viviendo con normalidad. Había reporteros en las calles y en la televisión no se hablaba de otra cosa que del doctor Gutiérrez y de su hija, pero aun así los niños jugaban alegremente en las veredas, el heladero sonreía, las abuelas charlaban bajo el sol, los adolescentes pedaleaban sus bicicletas, los padres y madres de familia regresaban a la misma hora de siempre, cenaban y apagaban las luces. Ella, en cambio, no podía retomar su rutina. Lo cotidiano le parecía un animal muerto e imposible de resucitar. Por eso desobedeció los consejos de sus amigos muy pronto: encendió la televisión, abrió el periódico, entró en las redes sociales. Allí, la gente hablaba de la brutal decapitación de una chica de diecisiete años, de cómo la había matado su padre, un hombre de sesenta y reputado oncólogo. Hablaban de femicidios en las clases medias y altas pero, sobre todo, de la forma en la que se descubrió el crimen: de cómo el doctor Gutiérrez envolvió la cabeza de su hija con plástico y cinta de embalaje; de que estuvo, según determinaron los forenses, jugando a la pelota con ella durante cuatro días en el patio de su casa; de la pobre vecina que se levantó un lunes escuchando los golpes contra la pared de su jardín; de una patada fortuita que hizo volar la cabeza de Guadalupe Gutiérrez hacia la casa de al lado; de que la vecina tomó el bulto e inmediatamente entendió; del olor; del desmayo; de la llegada de la policía; del modo en el que el doctor se entregó, sin oponer resistencia, tomando una taza de té.

Se pasó la mano por el cuello, casi pellizcándoselo, al recordar la cara grisácea de su vecino caminando hacia la patrulla.

Esa tarde consiguió dormir y soñó con el cráneo perfecto de Guadalupe volando por el barrio, masticando el aire, descansando entre las flores. Nunca había cruzado más de dos o tres palabras con ella. Nunca le interesó saber algo de su vida. La veía muy poco y siempre en las mismas circunstancias: con su uniforme de colegio privado bajándose del bus o patinando hacia el parque. Era una chica como cualquier otra. Tenía la cabellera larga y negra, un pelo abundante que salía a pedazos de la envoltura en la que la puso su padre. Jamás los escuchó discutir ni tratarse mal.

Una vez, incluso, vio al doctor besarle la frente antes de que ella se subiera al bus del colegio.

Si lo recordaba le daban náuseas.

Poco después se filtraron fotografías de los Gutiérrez en redes sociales. Nadie supo quién o quiénes lo hicieron, pero la gente las compartió de forma masiva y a ella le pareció horrible la exposición de la vida de alguien que ya no podía defenderse; el modo en el que bajo el *hashtag* #justiciaparalupe los demás retuiteaban imágenes privadas, mensajes personales que la hija del doctor le había enviado a sus amigos, información sobre sus gustos y *hobbies*. Había algo tétrico y sucio en esa preocupación popular que se regocijaba en el daño, en el hambre por los detalles más sórdidos. Las personas querían conocer lo que un padre era capaz de hacerle a su hija, no por indignación sino por curiosidad. Sentían placer irrumpiendo en el mundo íntimo de una chica muerta.

Si cerraba los ojos, ella veía la cabeza volar hacia su patio y dar dos botes sobre la tierra. Era una visión más que un recuerdo porque la cabeza tenía el tamaño de una semilla de aguacate, y luego la enterraba y la regaba y la veía crecer en un árbol con cabellos negros que parecían columpios.

Seis días después del encarcelamiento del doctor empezó a escuchar ruidos que provenían de la casa vacía de los Gutiérrez. Eran pasos y murmullos, sonidos de objetos moviéndose, puertas abriéndose y cerrándose. La vivienda había sido precintada y los únicos autorizados a entrar eran los policías encargados del caso, pero los rumores llegaban en la madrugada y duraban hasta poco antes del amanecer. Al principio, el miedo la hizo refugiarse en su habitación, cerrar las cortinas y taparse los oídos. Imaginó el cuerpo decapitado de Guadalupe buscando su propia cabeza en los recovecos de la sala, palpándolo todo como el cadáver ciego que era, y sintió pánico. Alguna vez la hija del doctor llamó a su puerta. Le dijo: «Buenas, ¿cómo está? ¿Me podría regalar un poco de azúcar?». Había olvidado ese encuentro, pero lo recordó al oír la vida de al lado. Recordó que Guadalupe entró al salón mientras ella le colocaba un puñado en una servilleta. No estaba segura de haber iniciado una charla, pero sí de que la chica se veía contenta. Recordó que al entregarle el azúcar vio un hematoma en su brazo y que no le preguntó por el origen del golpe. Recordó también a Guadalupe pidiéndole prestado el baño, y a ella diciéndole que no podía, que tenía que irse. «Lo siento, voy tarde a la universidad», le dijo. Recordó sentirse molesta por la petición de la chica, por seguir quitándole su tiempo.

Hundió el rostro en la almohada. *Tal vez estaba intentando alejarse un rato de su padre*, pensó. *Y yo ni siquiera le permití eso.*

Últimamente la culpa la hacía decirse cosas así, sobre todo durante las noches. Pero lo peor era cuando sudaba y casi podía sentir el tacto de la cabeza podrida envuelta en plástico entre sus manos. Se preguntaba por qué la había recogido de la tierra aquella mañana, por qué la había levantado si ya sabía, desde el momento en el que puso un pie en el patio, lo que en realidad era.

¿Cuánta fuerza se necesita para arrancarle la cabeza a una persona?, se preguntaba en ocasiones, con vergüenza, mirándose al espejo. ¿Cuánto deseo? ¿Cuánto odio?

Los ruidos continuaron encerrándola en su habitación hasta que una noche, desde la ventana del segundo piso, logró ver el jardín de la casa de los Gutiérrez. Toda la tierra estaba removida, las plantas arrancadas y, en el centro, siete mujeres permanecían sentadas en un círculo. Su primer pensamiento fue el de llamar a la policía, pero tenía pocas ganas de que la interrogaran, de oír a las patrullas, de describir decenas de veces lo que había visto o no, lo que había escuchado o no. Quería volver a dormir tranquila: regresar a la universidad, dejar a un lado las palpitaciones y las erupciones cutáneas, sosegar al árbol de las cabezas que crecía desbocado en su tórax. Pero desde que vio a aquellas mujeres no pudo dejar de pensar en ellas. Las madrugadas siguientes las espió y las escuchó cantar, murmurar rezos ininteligibles, deambular entre la hierba y la casa. Notó que tenían edades distintas: algunas veinte, otras cuarenta, otras sesenta o setenta u ochenta. Las vio hacer rituales extraños, tomarse de las manos y llevárselas al cuello durante horas. Vestían de blanco y cargaban el cabello suelto por debajo de la línea de la cintura. Desconocía cómo consiguieron entrar, pero se le hizo un hábito quedarse despierta y espiarlas. A veces lo hacía desde la ventana del segundo piso; otras, desde la fría pared del patio donde pegaba el oído cuando los rezos y cánticos de las mujeres apenas sobrepasaban el murmullo. Empezó a encontrar características propias del grupo de intrusas. Notó, por ejemplo, que enterraban rudas en la tierra removida. Que en sus cantos y rezos repetían palabras como «fuego», «espíritu», «bosque», «montaña». Que se trenzaban el cabello las unas a las otras. Que cuando ponían las manos en sus cuellos durante largo rato, se lo apretaban y dejaban marcas azules en la piel. Que corrían dentro de la casa y azotaban las puertas. Que se escupían en el pecho. Que bailaban haciendo círculos en el aire con sus cabezas.

Sentía, en la misma medida, repulsión y atracción por estas actividades nocturnas. También remordimiento por lo que había en su interior que la obligaba a ocultárselo a la policía, a sus vecinos o cualquiera que pudiera detenerlo. Remordimiento porque, de vez en cuando, miraba con extraño y desconocido placer la fotografía que le tomó a la cabeza de Guadalupe poco antes de que llegara la patrulla.

Repulsión y atracción: reconocimiento de lo ajeno en ella misma creciendo igual que un vientre lleno de víboras.

Los ruidos de la casa de los Gutiérrez eran distintos entre sí. Algunas noches las mujeres sonaban a niñas jugando, otras a coro de iglesia, pero siempre cantaban o rezaban en susurros. El sonido de sus voces era apenas un hormigueo en el viento que se elevaba. Desde el jardín ella las oía deslizarse hacia la casa, arrastrarse por el salón, escalar al segundo piso igual que una jauría, bailar cerca de las paredes, golpearse contra las esquinas, saltar hasta la extenuación en las habitaciones. Y, cuando la experiencia de espiarlas se hacía más intensa, no solo las escuchaba, sino que las sentía. Entonces una fuerza la impulsaba a imitar sus movimientos espasmódicos, sus retorcimientos, su forma de desdibujar los límites del espacio con una danza festiva y delirante.

Su propia casa empezó a parecerle una cáscara de mandarina, un caparazón de tortuga, una nuez. Una arquitectura orgánica que se comunicaba con la de los Gutiérrez. Casi podía sentir el flujo de la sangre compartida, el silbido de los pulmones. Ya no dormía ni comía, pero pensaba mucho y deseaba la oscuridad, los murmullos, los bailes. Las mujeres la hacían olvidarse de la cabeza de Guadalupe, del malestar de su propio cuerpo, de la sensación de asfixia. Sabía que estaba mal, que todo indicaba que debía sentir desprecio por ellas, sin embargo, esa locura enarbolada le permitía recordar a Guadalupe viva; recordar la tarde en que la vio patinando con las piernas manchadas de tierra, o la vez que la encontró abrazándose a una de sus amigas, o cuando la vio bajarse de una moto con un vestido brillante y sus ojos se encontraron con los de ella –negros, empapados de emoción– y, durante un brevísimo instante, creyó verse a sí misma veinte años atrás, sudada, alegre, ignorante de lo mucho que un cuerpo recién abierto al placer podía llegar a sufrir.

En el jardín vecino las mujeres se apretaban el cuello como si quisieran hacerlo desaparecer. Ella comenzó a llamarlas Umas porque así les decían a las cabezas que abandonaban sus cuerpos cuando se ocultaba el sol.

¿Cuánta fuerza se necesita para levantar una cabeza del suelo?, se preguntaba con la carga aún en las manos. ¿Cuánto amor? ¿Cuánto egoísmo?

Una noche el timbre sonó como un rayo partiéndole las rodillas. Caminó, descalza y temblando, hacia la puerta que de lejos parecía el tronco de una secuoya. Su mente, en una especie de premonición, intuyó lo único que podía ser cierto. Tomó aire y, en la oscuridad, el cuerpo le dictó el futuro: una mujer de cabello largo y encanecido, vestida de blanco, con una ruda en la mano llena de tierra.

Unos ojos marrones y jóvenes.

Unos pies desnudos igual que los suyos.

No se atrevió a confirmarlo: se agazapó sobre la mesa del comedor como un animal al que habían venido a cazar y esperó a que la sombra desapareciera. El timbre sonó dos veces más y luego el silencio, pero mientras tanto imaginó las cabezas de las Umas volando como un enjambre de abejas, rompiendo los cristales y mordiéndola con furia hasta dejarla deshecha sobre el suelo. Y tuvo miedo.

Despertó con el cuello lleno de marcas y las uñas rojas.

Alguna vez conversó con sus estudiantes sobre los cefalóforos: personajes que tanto en mitos como en pinturas aparecían sosteniendo sus propias cabezas. Esa tarde pensó en ellos y en si las Umas sostendrían las suyas con la misma paz, con la misma entereza. Se preguntó si no era ese un estado superior al que aspirar: aprender a ser una cabeza cuando el cuerpo pesaba demasiado, liberarse de la extensión sensible en donde respiraba el frío y el ardor, la pena y el abandono. También recordó aquella vez en que se masturbó imaginando a Guadalupe poniéndose los patines, mucho antes de su asesinato, cuando la hija del doctor tenía quince y ella veintiséis. Al terminar se sintió sucia por haber fantaseado con una menor, pero intentó disculparse a sí misma diciéndose que existía una brecha entre los deseos y la realidad, una brecha líquida y cambiante que la salvaba todos los días de ser quien era.

¿Cuánta fuerza se necesita para levantar una cabeza viva del suelo?, se preguntó esa noche. ¿La misma que para levantar una flor, un elefante, un océano?

A las tres de la mañana el timbre volvió a sonar, pero esta vez no se escondió. Se mantuvo quieta en su sitio con los ojos clavados en la sombra y, después, avanzó ligera, igual que las Umas en el jardín de los Gutiérrez: casi levitando, con los pies al borde de la ingravidez. Abrió la puerta y, al otro lado del umbral, la mujer la saludó en un susurro. Ella, en cambio, no pudo responderle, pero se preguntó por qué siempre le gustaba comprobar lo que en el fondo ya sabía: por qué no era inteligente, cerraba la puerta y huía de lo que estaba por venir.

—No necesitas zapatos —le murmuró la Uma antes de regresar a la calle.

Por unos segundos que significaron nada barajó la posibilidad de resguardarse de la verdad. Al contrario, salió detrás de la mujer, directo a la noche. Juntas le dieron la vuelta a la casa de los Gutiérrez, atravesaron una zanja y saltaron un muro hasta caer en el mismo lugar donde una cabeza había rodado durante días. Allí, las Umas permanecían concentradas y ni se inmutaron de su presencia. Ahora ella era la intrusa, pero no la trataron como tal.

Una mujer con los pechos bañados en saliva la tomó de la mano. Adolescentes, adultas y viejas, ecos distintos las unas de las otras, rezaban, cantaban, escupían y corrían agitando sus cabellos en el aire, apretándose el cuello hasta caer sonriendo sobre el césped.

—Come —le dijeron al oído mientras le daban a masticar una hierba que le hincó las encías.

La amargura de lo que masticaba se instaló en su paladar pero, poco a poco, el sabor se volvió dulce y espeso, y le entregó una última imagen de Guadalupe bajándose del bus, tarareando una canción de moda, con un cartel pintado a mano para el día del padre. Llevaba los cordones sueltos, el pelo enredado, la blusa manchada de rojo. Incluso a metros de distancia pudo oler el sudor seco en su uniforme, una mezcla entre cebolla y menta. Cuando se miraron, Guadalupe le sonrió igual que una niña a la que estuvieran por caérsele los dientes de leche: con amplitud y desenfado. Ella no recordaba haberle sonreído de vuelta. La conciencia de esa falta le produjo unas inmensas ganas de llorar.

–Sabemos –leyó en los labios de una Uma que apenas soltó un rumor.

Le trenzaron el cabello, la vistieron de blanco, le acariciaron el cuerpo con ruda fresca, y ella se dejó hacer como en un sueño donde no ponía en riesgo la carne. Había un frenetismo impúdico en los cuerpos que sudaban y mostraban sus uñas, sus senos, sus lenguas. Una excitación que ella también sentía al permanecer dentro del lugar en donde todo sucedió: una casa que olía a golpe y a podredumbre, que bailaba igual que un lagarto sin esqueleto. De repente quiso correr, lanzarse contra las paredes, arrancar la pintura, pero se quedó recibiendo la saliva espesa que las Umas le escupían en el pecho; oyéndolas musitar con la dentadura cerrada, viéndolas ahorcarse con sus propias manos.

El peso de una cabeza muerta es incuantificable sobre la mente, pensó a punto de vomitar.

Si cerraba los ojos veía una cabeza gigante de piel gruesa y ceño fruncido, con dos inmensas alas de cóndor emergiendo a los lados de sus orejas: una cabeza que se parecía a la de Guadalupe pero también a la de cualquier otra chica y que, pese a su evidente enfado, sonreía sin dientes en el jardín.

¿Por qué le tomé una foto? ¿Por qué la levanté del suelo?

Se llevó las manos a la garganta y la trató como plastilina, como cera hirviendo moldeándose al tacto, hundiéndose hasta la tráquea. La sensación la hizo gritar, pero lo que salió de su boca fue un bisbiseo. Entonces, en medio de la agitación de los cuerpos semidesnudos, lo sintió: el desprendimiento, la separación definitiva. Bajó la mirada y vio su cuerpo caído sobre la tierra, flojo y pálido como el capullo roto de una crisálida. Sus ojos estaban lejos, a la altura de diez, quince, veinte cráneos flotantes.

Su voz era viento.

Aterrorizada, escuchó el ruido de una cabeza siendo pateada contra la pared como el futuro. Y luego, abriéndose paso entre la ingravidez de los cabellos, el sonido de la suya propia volando hacia el patio de al lado y cayendo entre las hortensias.

Caninos

Un Perro de Noche
es borroso
deforme   lejos

María Auxiliadora ÁLVAREZ

Hija guardaba la dentadura de Papi como si fuera
un cadáver, es decir, con amor sacro de ultratumba: seco
en los colmillos, sonoro en las mordidas, desplazándose
por los rincones de la casa igual que un fantasma de encías
rojas. Un clac clac de castañuela molar la hacía sonreír al
amanecer. Y, por las tardes, una percusión tribal, un choque
de dientes la arrullaba hasta perder la conciencia sobre
la almohada rosa donde caían agónicas las luciérnagas a
morir. Todas las noches, mientras dormía, la dentadura de
Papi era su amante, su compañera de cama, salivando en
sus sueños y pesadillas menores sin lengua, sin músculo
mojado oloroso a mal, sin filo oxidado en la conciencia. Y
al despertar Hija barría las luciérnagas de la almohada rosa

con su pelo, se sentaba en las escaleras del patio para ver cómo se moría el jardín, paseaba a Godzilla por el barrio y juntos le ladraban a otros perros con bozales, lazos o ropitas de niño de dos años.

A los amos no les gustaba que ella ladrara más fuerte que Godzilla.

La llamaban loca de mierda.

Le miraban muy feo los pies.

Luego, cuando regresaba a casa, Hija cepillaba la dentadura de Papi y la ponía en la repisa como un trofeo. La ponía en el sofá junto a ella antes de encender la televisión. Se la llevaba a la cama y la metía debajo de la sábana. Se la llevaba a la tina y se hundía con ella. La guardaba en la refrigeradora. La ocultaba en un zapato. Hija desplazaba la dentadura postiza por la casa, pero la escondía cuando Mami y Ñaña venían de visita. Ellas creían haberse llevado todo de Papi porque no sabían que su hogar era un sarcófago construyéndose poco a poco, con paciencia, con esmero.

«¡Mira cómo tienes el jardín, lo estás matando!».

«¡Qué asco! ¡Hay hasta mierda de perro!».

Mami y Ñaña desconocían la arquitectura personal de su luto aunque la olfateaban con los ojos.

«¿A ti te parece normal esta inmundicia?».

Miraban el jardín como gemelas. Apretaban los labios a la vez frente a la enfermedad. Así lo habían hecho con Papi cuando se lo dejaron a ella –un padre dañado en el umbral de la casa: una silla de ruedas, un suero, una bombona de oxígeno–. Se lo dejaron a pesar de que sabían que ella era incapaz de cuidar a nadie. Se lo dejaron porque era la mayor: la Hija. Y en cambio Mami vestía como Ñaña y bebía demasiado. Y Ñaña apenas estaba terminando el cole y tenía un novio con el que desaparecía a menudo e iba a conciertos de *rock*. Ahora visitan a Hija todos los miércoles y los viernes, pero cuando Papi estaba vivo solo le tocaban el timbre el último sábado de cada mes.

«Tienes todo lleno de polvo».

«Te van a comer las arañas».

«¡Córtate las uñas, por dios!».

Durante sus visitas *post mortem* se cambiaban la ropa en el cuarto de Papi y se ponían a limpiar. Se echaban camisas largas y rotas con estampados de Nirvana. Con estampados de tigre y de tambores. Con estampados de las *Power-puff Girls*. Hija las miraba con serenidad porque nunca se atrevían a meterse al jardín en donde ella enterraba la dentadura para que no se la quitaran. Tres veces enviaron a un jardinero que curara las plantas enfermas, pero Hija no lo dejó entrar.

«Cómo te gusta vivir en medio de lo que se pudre».

«Cómo te gusta darnos lástima».

La idea de llevarse todo de Papi había sido de Mami. Mami que sentía que estaba en la flor de su edad. Mami que tenía doce años menos que Papi, pero que ahora que Papi estaba muerto tendría once años menos, diez años menos, nueve años menos, y así hasta alcanzarlo y ser mayor que él, superarlo en edad, morir más vieja y más enferma. Más muda, más rota y con menos dientes.

Hija se sorprendió de que se le cayeran tantos molares a Papi.

«El doctor dice que es normal», le dijo Ñaña cuando Papi aún vivía con ella y con Mami.

«¿Qué doctor? ¿No se supone que esto pasa cuando estás muy viejo?», le preguntó Hija. «Y él no está tan viejo».

Los dientes del padre caían semana a semana como frutas maduras en su lengua de tierra. Él los escupía y rebotaban contra las paredes, las mesas, las sillas, los sofás de la casa de Mami y Ñaña.

«¿Tú alguna vez te has sentado sobre un diente ensangrentado?», le preguntó Ñaña llorando para hacerla sentir culpable. «Si no te has sentado sobre un diente con sangre no sabes una mierda».

La boca de su padre poco antes de morir era un árbol pálido con raíces de baba oscura, pero cuando tenía sus dientes bien puestos bebía alcohol y apestaba a rata muerta. Hija sabía cómo olían las ratas descomponiéndose porque tardaron días en encontrar a una atrapada entre los cables de la lavadora. Sus padres nunca se daban cuenta de todos los animales que morían junto a los electrodomésticos: bebían mucho y jugaban a ser otros en la sala de las cortinas azules, con un plato hondo al pie de la escalera, una correa, un bozal y un hueso amarillo.

Papi sufría de temblores, sudaba, se encogía por el síndrome de abstinencia desde que Hija y Ñaña tenían ocho y siete años. Lloraba como un bebote acurrucado en una esquina mientras Mami bebía con los labios inflamados y de vez en cuando le silbaba.

«¡Mis hijas, mis pobrecitas hijas!», gritaba él con la cara llena de mocos. «¡Perdonen a papi! ¡Perdonen la debilidad de papi!».

Nunca podía aguantar más de un día sin beber. Mami tampoco. Hija y Ñaña los preferían borrachos porque no lloraban ni se peleaban durante su sexualidad roja. Borrachos reían, se carcajeaban y les permitían encerrarse en su habitación. Borrachos eran mejores padres. Les regalaban cosas. Se gastaban la herencia de los abuelos en juguetes. Las llevaban de viaje en bus y en avión.

A veces la gente no se daba cuenta de que sus padres estaban borrachos cuando estaban borrachos.

A veces ni siquiera ella ni Ñaña sabían la diferencia.

Luego Hija cumplió los dieciocho y se fue a vivir sola a la casa que había sido de los abuelos. Abandonó a la hermana, a la madre y al padre. Abandonó a la hermana con la madre y con el padre. No se sintió mal porque hasta entonces había cuidado siempre de Ñaña. La había protegido del dengue de los mosquitos, de los platos quebrados, del pis en el suelo, de los gruñidos y de la sexualidad roja de Papi y Mami.

A veces, cuando Papi quería dejar de beber y lloraba como un niño horrible y sucio que abrazaba a Ñaña gimiendo perdones no solicitados, Hija le acercaba la botella y le decía: «Toma, papito». Y conseguía que soltara a Ñaña, que en ese tiempo se asustaba con cualquier cosa.

Mami era más coherente.

Mami nunca lloraba ni intentaba dejar de beber.

Mami les dio ron con Coca-Cola cuando Hija tenía nueve años y Ñaña ocho.

«¿Ven? ¡Sabe malísimo! Nunca beban como papi y mami, corazones».

Hija nota que su madre nunca está borracha cuando la visita con Ñaña y limpian toda la casa menos el jardín que es el terreno de Godzilla y de la dentadura de Papi.

«¡Lobo hijueputa!», grita su madre cuando el perro le ladra y le muestra sus colmillos de león. Sus colmillos de tiburón.

«Más feo y se muere el cojudo ese», dice Ñaña cuando sale a fumar y lo ve atado y babeando la tierra enferma.

A Hija le gustaba Godzilla porque lo encontró el mismo día en que decidió mudarse, vivir sola, dejar al padre, a la hermana y a la madre. Lo encontró herido y sarnoso. Llovía y lo único que hizo fue seguir por la vereda e ignorar al perro, pero el perro le mordió la pierna.

El dolor, entendió esa tarde, podía ser luminoso.

Todo se le puso blanco. Ni siquiera sintió el instante en que cayó al suelo. Ni siquiera pateó al perro. Y por eso, porque se dejó morder, Godzilla le soltó la pantorrilla. Hija lo recordaba muy bien: ese instante de lucidez plena en los colmillos del perro, en la perforación de su propia carne. Y tuvo, de repente, una imagen vaga del pasado que le hizo entender que no era la primera vez que la mordían.

No sabía cómo había logrado levantarse y seguir su camino con tanta luz en la cabeza, pero el perro la siguió. Siguió el agua y la sangre. Siguió a Hija, que palpitaba entera. A Hija, que jamás había dudado de su memoria, pero que a cada paso nuevo que daba un recuerdo añejo, punzante y borroso como el paisaje de su casa en medio de la tormenta y de las ranas, se recomponía. Y lloró con el perro a su espalda lamiéndole la sangre: se dejó llorar por el miedo de saber que si había recordado eso podría recordar cosas aún peores, cosas que le habían pasado y que habitaban ocultas en su mente como cucarachas, como tarántulas que de repente salían del dormitorio para decirle quién era de verdad y ella no quería saber.

Por eso Mami y Ñaña odiaban a Godzilla: por ser un perro lamesangre.

Por eso limpiaban la casa entera menos el jardín.

«Sabemos que necesitas tiempo y bla-bla-blá, pero esto no puede durar para siempre», le decía Ñaña. «Tendrás que comportarte como una persona normal algún día».

Godzilla respetaba a Hija porque se había dejado morder, o quizás porque le probó la carne y la encontró salada y triste. Algunas veces, cuando lo sacaba a pasear, el perro le meaba en los pies. Luego Hija regresaba y no se los lavaba para dejar que el olor del padre floreciera en la casa de los abuelos.

Había días que no tenía fuerza para ninguna otra cosa que no fuera la dentadura de Papi lamida por Godzilla con cariño.

«Mira, yo entiendo que nos dejaras y no te culpo, no creas que te culpo, pero ahora tienes que hacerte cargo de él porque ni tu ñaña ni yo lo podemos tener más acá», le dijo Mami por teléfono, e Hija sugirió: «Llevémoslo a un hospicio». «Paguémosle a alguien para que lo cuide». Y Mami: «Serás idiota». «No podemos hacer eso». «Tú sabes que él tiene otras necesidades».

Pero Hija no entendía por qué no podían olvidarse de sus necesidades si estaba enfermo y ni siquiera hablaba bien.

«Ya tuviste tus vacaciones, ahora es tiempo de familia».

Mami casi siempre estaba borracha, pero nunca cuando la visitaba antes, con Ñaña, para acariciarle la cabeza a Papi que apenas podía moverse.

«Tu hermana no puede hacer lo que hay que hacer, no conoce los límites».

«Es tosca».

«Se excede».

El diagnóstico de la enfermedad llegó tarde, por eso Papi se dedicó a beber más que nunca y Mami a esconderse con sus amigas alcohólicas-moderadas en la villa de los abuelos.

«Si no me ayudas voy a explotar», le dijo Ñaña un día. «Tienes que llevártelo o no respondo de mí».

Entonces Papi empezó a encorvarse y a ser incapaz de caminar un metro sin caer. Su enfermedad era igual a su borrachera, solo que sin Mami, sin correas, sin bozales, sin ladridos, sin huesos, sin golpes ni gemidos histéricos en la sala. Sin sexualidad roja. Después la silla de ruedas. Las pastillas. El suero. Las inyecciones. El tanque de oxígeno. «Lo que le duele más a Papi es que ya no puede beber», le dijo Ñaña. «Eso y que se le están cayendo los dientes».

Papi siempre había sido un hombre orgulloso de su belleza. Un hombre que despreciaba la fealdad y que sabía bien cómo usar sus colmillos.

«Por lo menos ya no tengo que aguantarlos juntos haciendo su *show* de mierda».

Si las iba a dejar al colegio, Papi sonreía desde su descapotable y las otras niñas suspiraban.

«¡Qué papi tan guapérrimo tienen!».

«¡Qué suertudas!».

E Hija les decía: «Pero si es un perro», y solo Ñaña se reía porque la entendía de verdad.

A Papi le gustaba que otros admiraran sus caninos, por eso, mucho antes de que enfermara, cuando la erosión dental por el alcohol empezó a dañarle el ego, acudió a un dentista arrugado que tenía la dentadura de un joven de veinte. «¡Después de este tratamiento voy a quedar estupendo!», le dijo a Mami. Y quedó estupendo, al menos por unos años, hasta que la enfermedad lo postró y ya no pudo ir más al dentista de la boca joven y se le comenzaron a caer los dientes.

«Es que no es normal que se le caigan así», dijo Hija cuando Papi todavía no vivía con ella, pero ya había perdido por completo el habla y la miraba con los ojos muy abiertos, como si estuviera viendo una película de terror.

«Claro que es normal», le decía Ñaña. «Lo que no es normal es que los escupa por toda la casa igual que un niño asqueroso».

Pero un niño solo escupía sus dientes de leche, los primeros y no los últimos, pensaba Hija mientras observaba los ojos del padre casi saltando de sus cuencas.

«Mami no ayuda en nada».

Le disgustaba tenerlo cerca desde que Godzilla le mordió la pierna.

«Si esto sigue así, te juro que me escapo».

El novio de Ñaña usaba una chaqueta rota de cuero negro incluso los días que hacía calor. Fumaba Lucky Strike y le había enseñado a su hermana a hacer círculos de humo en el aire.

«No deberías dejar que fume», le dijo Hija a Mami cuando Papi todavía estaba vivo, pero ya no podía ni beber ni ir al baño sin ayuda.

«¿Me vas a decir tú cómo criar a mi cría? ¡Ja! Mejor aprende a limpiarte el culo, pendeja».

Hija se había sentido la madre de su hermana muchas veces, pero no tenía claro qué era ser una buena madre y ella quería ser buena, muy buena, como en aquellos tiempos en los que vivía con Ñaña y Mami y no había pensado jamás en mudarse a la casa abandonada de los abuelos.

Solía preguntarse cuánto sabría el novio de su hermana sobre Papi: cuánto Ñaña habría sido capaz de recordar y de contar.

Alguna vez le preguntó: «¿No te pasa que hay cosas de hace años que no recuerdas bien?». Y Ñaña la miró mal, como si tuviera un moco colgando o un pedazo de comida entre los dientes.

«No, yo no sé hacerme la estúpida».

Hija pensaba a menudo en lo que implicaba hacerse la estúpida en situaciones en las que ser inteligente era difícil: un sacrificio inconsciente, un dejarse afuera de la propia cabeza.

Cuando Mami y Ñaña le entregaron al padre enfermo y ella lo bañó por primera vez, encontró una quemadura de cigarrillo reciente, mal curada, unos centímetros por arriba de la rodilla, pero Papi ya no podía hablar, solo aletearle los párpados con los ojos cada vez más húmedos y saltones.

«Pregúntale a tu ñaña», le dijo Mami por teléfono. «Yo te dije que tenías que llevártelo».

Hija notó, esa misma tarde, que su padre tenía las encías hinchadas y que le sangraban gotas sobre el mentón y la camisa.

«Alguien le ha apagado un cigarrillo a Papi en la pierna», le explicó a Ñaña durante una sesión de *pédicure*. «Tú lo bañabas, tú tenías que saber».

Entonces Hija, de pronto a cargo de la salud de Papi, de la buena muerte de Papi, lo llevó a un dentista que le curó las encías y le hizo una dentadura nueva.

«Claro que sabía», le dijo Ñaña pintándose las uñas de color carne. «Claro que sé».

Y cuando el dentista le preguntó con pose de detective que cómo se había caído su padre para haber perdido casi todos los dientes, Hija le respondió tan rápido que se sorprendió de su propia forma de pensar: «Se cayó por las escaleras», le dijo, mientras Papi pestañeaba como una mariposa a la que le acababan de echar insecticida.

«Estás loca, ¿cómo pudiste?», le soltó Hija sintiendo que quería vomitar por el olor intenso del esmalte, y Ñaña cerró los párpados.

«Ay, por favor. No te hagas la mosca muerta».

A veces Hija se revolcaba en la luna de su memoria: blanca, oronda, rellena de cosas que quería olvidar y que olvidaba, aunque no para siempre. Cosas como que Papi y Mami bebían y Ñaña e Hija se encerraban para no verlos jugar en la sala. Para no ver la sexualidad roja del padre con correa.

El padre con bozal, a cuatro patas.

La madre con espuelas.

Para no verlo morder el hueso que la madre lanzaba, que la madre pisaba. Para no ver a Mami paseando a Papi por los pasillos, poniéndole restos de comida en el suelo, castigándolo por mearse junto al sofá o por cagarse debajo de la mesa.

Pero Ñaña se pintaba las uñas del color de la piel de Papi.

«¿Qué te importa a ti que lo queme o que le saque todos los dientes si solo es un perro?».

Hija no quiso pensar en cómo su hermana le decía quién realmente era. Por eso bañó a Papi, alimentó a Papi, sacó a pasear a Papi. Por eso, cuando le entregaron la dentadura postiza, Hija se la puso a Papi y Papi dejó de asustarse y le sonrió con esos incisivos nuevos que no eran los suyos pero que se le parecían. E Hija lo peinó, lo perfumó, lo sacó a pasear con Godzilla. Y mientras Godzilla le ladraba a otros perros, Papi movía lentamente la mandíbula y sacaba la lengua y jadeaba, contento. Y cuando Godzilla mostraba los dientes, Papi mostraba su dentadura, feliz, y a Hija le daba mucha rabia porque recordaba cosas que no quería. Recordaba una correa tensa, Papi ladrando como un loco, salivando, golpeando sus rótulas contra las baldosas, arañando el suelo, mirándola a ella y a Ñaña en el pasillo, asustadas, impactadas, y a Mami soltando la correa.

«¡Mis hijas, mis pobrecitas hijas!».

«¡Perdonen a papi!».

«¡Perdonen la debilidad de papi!».

¿Había sido a ella o a Ñaña? A veces dudaba: a veces se veía cerrando la puerta de la habitación justo a tiempo, poniéndose a salvo de los caninos, dejando a la hermana afuera para la dentadura del padre. Otras, en el pasillo, rogándole a Ñaña que le abriera, que la dejara entrar y, luego, la mordida.

«Yo no recuerdo eso para nada, y si pasó, habrá sido cosa de una vez, cosa del alcohol, porque cuando jugábamos tu padre era inofensivo», le dijo Mami. «Más bravo es el perro feo ese que tienes y no le andas reclamando lo que te hizo en la pierna».

Pero Hija sabía que Godzilla no era el primer perro que la mordía.

«¡Eres tú quien debe cuidarlo!», le reclamó a su madre cuando el padre empezó a aullar y a cagarse encima todas las noches.

«No puedo», le dijo Mami como si estuviera hablando de alfombras. «Yo solo sé castigar a tu padre, en cambio tú sí sabes lo que es cuidar bien a un perro».

Hija le secaba el pelaje con un secador. Le regalaba los huesos de pollo para que los royera con sus dientes falsos. Le ponía la correa y lo ataba junto a Godzilla en el jardín para que viera caer el sol. Dejaba que Mami le acariciara la cabeza cuando venía de visita. Vigilaba que Ñaña no le pellizcara las orejas. «Tienes que castigarlo un día sí y un día no porque eso es lo que le gusta», le decía su hermana antes de despedirse, pero ella cepillaba la dentadura de Papi y la veía hundirse en un vaso con agua limpia.

Le cambiaba los pañales. Le limaba las uñas. Lo afeitaba. Le silbaba como a Godzilla.

Le dejaba aullar y ladrar por la noche.

«Esto es lo que mató pronto a Papi. Lo sabes, ¿verdad?», le dijo Ñaña apoyada en el trapeador. «Tus ganas de ser una chica buena cuando a él había que cuidarlo de otra forma».

El novio de la hermana tenía las uñas pintadas de negro y los ojos del color de los mangles. A veces, si lo encontraba esperando a Ñaña frente al colegio con la lengua afuera, las orejas levantadas y las uñas en los bolsillos, Hija se imaginaba un alicate y se preguntaba cuánto sabría él de la quemadura de cigarrillo y de los dientes de Papi.

Cuánto sabría de la forma transparente y violenta que tenía su hermana menor de amar.

Un viernes, mientras Mami limpiaba las ventanas, Godzilla desenterró la dentadura y la lamió sobre la hierba.

«No puedo creer que te la quedaras», dijo Mami restregándose los falsos dientes de Papi contra las mejillas. «¡Debimos enterrarlo con esto!», soltó llorándose el maquillaje. «¡Ay! ¿Qué es de un perro sin sus dientes?».

Hija se quedó mucho tiempo pensando en ello: ¿qué es de un perro sin sus dientes?

Papi se meaba encima. Se cagaba encima. Aullaba por las noches e Hija nunca le dio la oportunidad de usar bien su dentadura. Nunca le dio la oportunidad de defenderse. Antes de dormir le quitaba los colmillos con un placer que jamás admitiría en voz alta, mirando los ojos del padre que brotaban de horror por la desnudez de la boca y, en esos globos oculares que parecían huevos a punto de romperse, Hija veía con nitidez quién era ella de verdad aunque por las mañanas nunca lo quería saber.

«Tú sí que entiendes lo que es cuidar bien a un perro», le decía Mami, pero Hija no estaba segura de que Godzilla domesticado recordara el enorme placer de morder.

No sabía si, cuando lo sacaba a pasear y le quitaba la correa del cuello para decirle: «Tienes que irte, yo no sé cuidarte y tampoco sé si te quiero», el perro comprendía que ella hubiera preferido que se fuera y que no regresara nunca, que usara los dientes en otra parte, en otros huesos: que lamiera otra sangre de familia. Pero el perro solo le babeaba los talones y, si se alejaba un poco, si le daba por pasear y orinarse encima de otros pies, siempre regresaba con el hocico limpio a casa.

SLASHER

BÁRBARA QUERÍA CORTARLE LA LENGUA a su hermana gemela con un estilete. Lo había imaginado así: un estilete ardiendo bajo la llama del fogón de la cocina, su ñaña Paula sacando la babosa carnívora de su boca y colocándola sobre la mesa para un corte lento, profundo, hasta que la punta rasgara la madera bajo su carne inútil, y luego hacia adentro, con fuerza, abriéndose paso entre la textura elástica de los músculos, la sangre y el eterno silencio de Paula que no gritaba nunca, que no sabía lo que era romperse la garganta con un sonido grande y caliente, como el parto de una ballena de tráquea (a Bárbara le gustaba decirlo: «Esta es mi hermana y no sabe gritar», porque a su público le daba miedo oír casi cualquier cosa viniendo de una gemela). Había momentos en los que sentía placer imaginando el corte, la hoja fina, la cara violeta de Paula, y le crecía en el pecho una cierta inquietud, aunque nunca hasta el punto de hacerla sentirse culpable o avergonzada de lo que llevaba adentro:

una curiosidad infinita por las mutilaciones,
una admiración y una envidia inquebrantable hacia su
hermana-mala.

También había querido alguna vez, sobre todo cuando
era pequeña, cortarle las orejas, pero ese deseo le duró poco
tiempo. Su gemela tenía dos orejas muy bonitas, simétri-
cas e inservibles. Su lengua, en cambio, además de inser-
vible era acaracolada y fea. «Una sordomuda no debería
tener ni orejas ni lengua», dijo en voz alta en su décimo
cumpleaños cuando notó que, como todos los junios, los
regalos eran compartidos. Entonces su madre la haló de la
trenza y le advirtió que le daría una paliza si volvía a decir
algo semejante, y Bárbara, que sabía que las advertencias
maternas iban en serio, no volvió a pronunciar la verdad
pero sí a pensarla. Incluso en ese instante, ocho años después, mientras esperaba su turno para entrar al Prohibido
Centro Cultural, Bárbara seguía creyendo que dos orejas
y una lengua en una persona que no podía usarlas era un
despropósito.

Una verdadera obscenidad.

Se lo había dicho a Paula después de elegir los instrumentos para el II Festival Andino de Música Experimental
y ella se rio como siempre, con la boca demasiado abierta
para la nada. También le contó que a veces, sobre todo en
las madrugadas, quería cortarle la lengua.

Que se lo imaginaba.

Que lo encontraba excitante.

Y Paula le sacó la babosa carnívora con *piercing* mo-
viéndola de arriba a abajo como una cola de iguana, y de
izquierda a derecha como una serpiente cascabel. Su ñaña
era esa clase de doble: la peor, la noche. Entendía todo
tipo de cosas sin que se le moviera un pelo. De niña se

inventaba juegos inspirados en *Cuentos de la cripta*, en *Escalofríos*, en *Le temes a la oscuridad*, en las portadas del *Diario Extra* que su madre traía a casa para leer, asesinar moscas y golpear las nalgas casi idénticas de sus hijas.

«¡Emborrachó a su guagua y la VIOLÓ!»

«¡Aferrado al CADÁVER de su amada!»

«¡Preparó una broma MORTAL!»

Ninguna historia, sin embargo, era lo suficientemente truculenta para agitarle los pulmones o crearle pesadillas a Paula: la ñaña de los tatuajes y de las escarificaciones.

La gemela malvada.

La loca del cigoto.

Ella disfrutaba escarbando en el horror de los demás, asustándolos para verlos encogidos, diminutos muy adentro de sus sombras, masticando el viento guardado de los cajones. A Bárbara también le gustaba la gente que temía y ver lo que les pasaba en los ojos, el estado acuático de sus pieles, la tensión muscular, la cabalgata abierta de los pulmones, pero la experta en asustar a otros era Paula: ella sacaba los miedos de las personas igual que los magos extraían conejos blancos de sus sombreros.

«Esta vez quiero que hagamos algo distinto», le dijo su hermana antes del festival y Bárbara repitió en voz alta sus palabras:

«Quiero que hagamos algo diferente».

No estaban seguras de que el público fuera a entender su propuesta, pero esperaban igual en la fila trenzándose el pelo, chasqueando las lenguas para que una escuchara el sonido acuático de la saliva y el músculo que, como un delfín, se hundía en la carne golpeando el paladar. «¿A qué suena el verdadero fondo de las cosas?», se preguntaron durante muchos años. «¿Por qué un tintineo hace cosquillas y un rugido pone en alerta al cuerpo?». Había sonidos que revelaban sucesos anteriores al lenguaje, como aquella vez que Paula recordó su propio nacimiento a partir de un concierto de piedras y agua en una licuadora. «Nadábamos como peces en la oscuridad y en el calor», le contó. «Teníamos el cordón umbilical en la garganta y yo lloré tan fuerte que me quedé muda y sorda al ver la luz».

Adelante de ellas un cuarteto de góticos fingía tocar instrumentos de aire, dos metaleros se limpiaban el sudor con la manga de la camisa, una chica de pelo azul observaba la luna, cinco punkeras ni siquiera se miraban, tres emos pulían sus botas de enormes plataformas y un tipo tatuado en la frente se rascaba la pierna con su baqueta. A todos los habían visto antes en conciertos del mismo tipo, pero realmente no los conocían. En el mundo de la música local *underground* a las gemelas les decían Las Bárbaras y su grupo de *experimental noise* utilizaba como instrumentos un sintetizador, un theremín, un bajo, un xilófono modificado, tambores, insectos, huesos, hojas secas, animales muertos (o vivos), botones, tijeras, agua y objetos que encontraban en la calle como botellas de vidrio, piedras, latas o elementos de cocina.

En sus ensayos les gustaba imaginar que componían la banda sonora de una película *giallo*.

Reproducían el sonido de los cuchillos.

Apuñalaban frutas en bosques fluorescentes.

Su procedimiento preferido era la improvisación. Paula inventaba una escena y generaba ruidos que ella misma no podía escuchar pero que eran el centro de la *performance*: golpes de piedras, chillidos de animales pequeños o medianos, el recorrido de una tiza sobre una pizarra, el pasar de las páginas de un libro, bofetadas, el teclear de una máquina de escribir, explosiones de agua, objetos quemándose, la destrucción de unas almohadas, la caída de cubiertos metálicos, el rodar de unas canicas, pisadas, inhalaciones y exhalaciones, el martilleo sobre los cráneos de muñecas viejas, el castañeo de una dentadura, las puntadas de una máquina de coser, el arrastrar de unas cadenas, el golpeteo de semillas adentro de una olla, la caída de excrementos sobre agua, el arañar de un cráneo…

Cualquier elemento podía ser un instrumento.

Cualquier acción, composición.

Bárbara seguía los sonidos de su hermana y agregaba los suyos propios (*beatboxing*, *scat singing*, cantos difónicos o improvisación en el theremín). Su objetivo, sin embargo, era crear a partir del interior de Paula:

un fracaso, un océano negro en Saturno.

Lo que hicieran en el escenario debía sonar profético, a algo que estuviera aún por venir. «El sonido es la poesía de los objetos», le dijo una vez a su gemela, y ella le respondió con el verbo de las manos: «Yo saco poemas de las cosas». Paula pegaba las manos al suelo para sentir el golpe rítmico de los pies de Bárbara, las vibraciones de las cuerdas, el soplido del viento. Entendía que los cuerpos se conturbaban con unos estímulos y se relajaban con otros. Que un sonido podía provocar placer y otro dolor. Que lo horrísono y lo canoro pertenecían al mismo paisaje de una onda mecánica viajando hacia el interior de una cueva hecha de cartílago y hueso.

Una vez, afiebrada de sí misma, Paula mató a un gallo al final de una improvisación: le quebró el cuello con los dientes y el sonido tronó a través de los altoparlantes como una fractura de tierra.

Las Bárbaras, las llamaron desde entonces.

Sus experimentos sonoros tenían nombre:

1. Me comí la mano de mi madre 01:55
2. El niño y su cadáver 03:57
3. Lenguas en tus martillos 05:39
4. Abortos y culebras 02:35
6. La imposibilidad física del universo 03:26
8. Una musa llena de tics nerviosos 04:30
9. La misteriosa esquirla de un fax 01:38

Tiempo total:
21:08 minutos.

–Apellidos –les exigió un hombre alto que custodiaba la entrada al Prohibido.

Desde hacía algún tiempo que tocaban en sitios oscuros y decadentes, espacios en donde la escena *noise* encontraba su propio público. Allá a donde iban había jóvenes como ellas buscando experiencias sonoras inusuales, *shows* que les revelaran los verdaderos sonidos de los objetos, instrumentos musicales nunca antes vistos, acciones que los hicieran sentirse parte de algo único e irrepetible. Sin embargo, a Bárbara y a Paula no les interesaba lo inusual, sino lo extremo: el grado más alto de intensidad auditiva. Un descubrimiento de lo telúrico de la mente a través de lo que resuena, vibra y retumba. Un regreso a la vida previa del lenguaje. Un recuerdo.

«Yo quiero enseñarte lo que es gritar», le confesó Bárbara a su hermana luego de decirle que fantaseaba con cortarle la lengua. «Yo quiero enseñarte el verdadero tamaño de un grito».

Aunque sus fantasías, las más agresivas, solían incluir a su ñaña Paula, no era la única persona a la que Bárbara había imaginado mutilar. También quiso, en algún momento, haberle amputado la mano a su madre, pero ella no lo sabía. Su gemela, en cambio, estaba enterada de cada evento punzante escondido en su imaginación.

Le leía los labios como si le leyera la mente.

Le pelaba las palabras y se comía la pulpa.

Cuando hacían ruidismo en vivo y Bárbara veía a Paula aplastar insectos con una piedra, abrir una paloma o jadear y soplar junto al micrófono, sentía como si su gemela fuera una anguila nadándole en la sangre; como si el cliché fuera cierto, una verdad mística en la placenta, y estuvieran muy adentro la una de la otra.

Inseparables. Indistinguibles.

Latiendo al mismo ritmo de la mente.

«Lo sé todo sobre los gritos», dijo Paula días antes del festival. «Sé que deforman el rostro de la gente, que hacen temblar la materia, que activan una señal en la amígdala que genera el miedo y que la naturaleza del miedo es la supervivencia». Bárbara, sin embargo, intentó explicarle lo importante: «Un grito es la explosión de las palabras», le contó. «Cuando alguien grita, las letras se disparan sin ningún orden y atraviesan el tórax de las personas».

«Un grito es una emoción que se contagia como un hechizo».

«Un sonido es una emoción que se conjura como magia».

Dos años antes, en una fiesta, un chico había vomitado sobre Paula por accidente. En ese tiempo casi todos sus compañeros de clase estaban convencidos de que su hermana era una bruja y, por supuesto, Paula había contribuido a crear su propia fama haciendo muñecas de las chicas que le caían mal y fingiendo rituales en los casilleros de quienes se atrevían a burlarse.

«La hermana dañada», le decían.

La ñaña runa.

La doble de los maleficios.

Paula no creía en la brujería, pero era consciente de que los demás sí y de que mentían cuando lo negaban, sonriendo, y se les achicaban los dientes y las pestañas como a los niños despiertos en la oscuridad. Por eso pescó el temor de la cabeza del chico, lo miró con los ojos muy abiertos y le lanzó un sonido gutural que pareció una palabra en un idioma subterráneo. Y el chico, lívido por el terror, se arrodilló sin que nadie se lo pidiera para lamerle las botas.

Su hermana era capaz de hacer que la gente se comportara de formas impensables. Como en la escuela, cuando le hizo creer a Rebequita Noboa (a través de Bárbara, su intérprete) que era inmortal y que si se lanzaba por las escaleras de su casa rebotaría como una pelota de playa.

Y Rebeca se lanzó.

Y se quebró una pierna.

O como cuando, en segundo grado, Paula le hizo creer a Bárbara que su voz no era su voz, sino la de ella. Que era su marioneta. Que si una de las dos moría, la otra lo haría inmediatamente después. Que la carne que comían en casa era la de las mujeres del *Diario Extra*. Que, contrario a lo que les contaba su madre, sí tenían un padre, pero se escondía en los armarios porque era monstruoso y solo salía cuando estaban en la ducha o mientras dormían.

«¿Qué tan monstruoso es?», le preguntó en ese tiempo y Paula le respondió que mucho: que no tenía piernas sino ocho brazos y una cabeza de muela.

Durante años Bárbara intentó asustar a su hermana, devolverle los terrores regalados en la niñez, unirla a ella en el espanto, pero a veces creía que el miedo era algo que habitaba en los sonidos y que Paula, completamente muda y sorda, existía por fuera de ese sentimiento.

Sobre el escenario una mujer susurraba contra el micrófono. Su cabello negro caía hasta el suelo igual que las ramas de un sauce llorón y su compañera, una chica con implantes subdérmicos, se lo cortaba como si podara un arbusto. Bárbara las escuchó con los ojos cerrados y el sonido filoso de las tijeras le produjo un goce familiar.

«¿A qué se parece el placer de un sonido?», le preguntó Paula poco antes de salir de casa y ella le dijo: «A una caricia en la nuca».

«A un hormigueo».

«A una aceleración de la sangre».

En el Prohibido Bárbara se veía a sí misma como un tiburón encerrado en una pecera. El olor excesivo a palo santo y a marihuana la incomodaban. El tono pálido de las paredes, el roce de los cabellos. Tomó la mano de su igual para no perderla y juntas se abrieron paso entre el sudor. Un humo denso que las luces tornaban de azul y púrpura cubría por completo el espacio circundante. Había alcohol en el suelo, guirnaldas fluorescentes colgando sobre sus cabezas como medusas, gente con rostros de peces y cachalotes que se movían muy lento y, en medio del espectáculo marino, cada ciertos minutos Bárbara le apretaba con fuerza los nudillos a Paula. A ambas les sorprendía que su curiosidad por el dolor fuera inaguantable para la mayoría de las personas. Que las llamaran bárbaras por explorar entre ellas, de forma consensuada, algo que era parte de la experiencia de tener un cuerpo. Lo habían investigado: un sonido de 160 decibeles podía romper un tímpano y uno de 200 causar un coágulo de aire en los pulmones que flotara directo hacia el corazón. Un sonido era capaz de hacer que los pulmones estallaran, provocar ansiedad, náuseas, tristeza, migrañas, percepción de movimientos fantasmagóricos a los costados del campo visual que muchos confundían con apariciones. Leyeron que los elefantes, las ballenas, los tigres, los murciélagos se comunicaban a partir de frecuencias imperceptibles para el oído humano, pero que los infrasonidos también salían del viento, las olas y de los músculos de un hombre que camina y sus articulaciones. Conocían volcanes con cráteres cilíndricos que emitían ondas parecidas a las de un instrumento musical gigante (el Cotopaxi sonaba a campana, el Tungurahua a cuerno), piedras que tañían, árboles que anunciaban su propia sed, grutas que silbaban. Entendían la maravilla: el gran concierto universal de lo vivo y lo muerto.

«Si tuviéramos un accidente en la carretera, ¿a qué sonarían nuestros huesos rompiéndose?», le preguntó a Paula dos noches atrás.

A una percusión de órganos rojos.

A una armonía de miembros cercenados.

Su hermana ignoraba la violencia real del sonido. En cambio Bárbara se agarraba a la cama poseída por los ruidos del otro lado de la puerta: golpes, cajones abriéndose y cerrándose, sollozos, reptares, uñas afilándose contra las cosas. Ese mundo de terror acústico era lo único que jamás habían podido compartir. Por eso Paula se inventaba cuentos como que, en la madrugada, después de que su madre le ponía seguro a la habitación, el padre cabeza de muela salía de los armarios para rasguñar pieles morenas y hacerlas sangrar. Durante mucho tiempo, esa fue la única explicación a las marcas que veían en los brazos de su madre.

«Hagamos algo diferente», le dijo a su gemela. «Algo que nos una la piel y el pulso».

Una investigación de lo primigenio.

Un estudio del grito.

Bárbara quería que Paula comprendiera las noches de los cajones y de los pies (las camas separadas, la madre llorando en los pasillos), lo que se sentía estar aterrada oyendo los alaridos salvajes pero incapaz de moverse fuera del colchón, incapaz de quitarse la sábana que ardía y se le pegaba como una piel enferma y viscosa. Pensaba que era su deber enseñarle a su hermana lo que un sonido era capaz de hacerle a la imaginación.

«Un grito respira y se hincha dentro de ti», le contaba. «Un grito te transforma».

Cualquier sonido podía resultar inquietante según el contexto, pero había algunos que hablaban de tiempos antiguos donde el temor era reverencial. «El ruido más alto de la historia fue el de un volcán estallando», le dijo Paula. «Dicen que dejó sordos a marineros que estaban muy lejos de la erupción, ¿puedes creerlo?». El ruido más alto que Bárbara había escuchado era el de su madre gritando toda la noche después de haberse roto la cabeza contra el váter. «Un grito es un cráneo mordido», le susurraba su hermana que no podía oír los pasos rápidos en el corredor ni los golpes de las cosas al caerse. «Es un fantasma orinándose encima de todos los tímpanos». Paula dormía demasiado y, aunque por la mañana Bárbara le explicaba la naturaleza del sonambulismo de la madre, ella solo sonreía y hablaba otra vez del padre cabeza de muela como si en verdad lo conociera. Por eso a Bárbara le gustaba imaginar a su hermana mutilada: para que en verdad lo conociera. Para que a través de la pérdida entendiera lo que un sonido era capaz de hacerle a la imaginación.

«La magia es que algo invisible pueda enfermarte», le dijo Paula alguna vez. «Para mí lo sonoro es una deidad imposible».

Años atrás su madre les contó algo sobre el padre: que era un mal hombre, un puño, una cuchara, una aguja. Que se fue antes de que ellas nacieran. Que era culpa de él que Bárbara hubiera nacido mala.

«Yo también nací muy mala», agregó Paula con el verbo de las manos como si no quisiera quedarse fuera.

En la improvisación de «Me comí la mano de mi madre» usaron como instrumentos un hacha, dos tijeras, cuatro almohadas, un espejo y un violín sin cuerdas. Nadie se creyó la historia de que le hubieran cortado la mano a su propia madre, pero lo importante era que a ellas les gustaba contarla durante sus actuaciones y que sabían, muy al fondo de sí mismas, que hubieran preferido que así fuera.

Comerse la mano materna.

Lamerle, a cambio, el muñón seco durante toda la vida.

También improvisaron una *performance* inspiradas en el caso de Lorena Bobbit, una mujer que en 1993 le cortó el pene a su maltratador. Por lo que sabían, él aprovechó sus cinco minutos de fama para convertirse en un actor porno y Lorena, convertida en un súcubo por la opinión pública, fundó una organización dedicada a ofrecer ayuda a mujeres víctimas de violencia de género. «Nuestra madre se llama Lorena», mentían en sus presentaciones. «No tenemos padre».

–Nos definimos como un acontecimiento improvisado en donde convergen diferentes disciplinas y lenguajes audiovisuales para repensar el ruidismo –dijo un chico recién subido al escenario–. Buscamos ensamblar una experiencia cacofónica y multisensorial que...

En la película porno de John Wayne Bobbit, el centro de todas las escenas sexuales era su pene encogido y semiflácido, aunque grotescamente completo y rodeado de lenguas. Cuando la vieron juntas Paula le preguntó: «¿A qué suena el sexo?», y Bárbara le contestó: «A selva, a sudor, a sed».

Le respondió: «El sonido del dolor es muy parecido al del deleite».

En festivales o en conciertos, Bárbara tenía la responsabilidad de describirle los sonidos a su gemela. Lo hacía jugando con palabras, como si diseñara versos para acercarla a la verdad de las sensaciones auditivas. Entonces la imaginación de Paula se disparaba y sus ojos parecían entender, aunque siempre cosas diferentes.

–El primer grupo sonó como el viento masturbándose –comenzó–. El segundo, como espíritus, chatarra y una quijada rota.

Por su parte, Paula le enseñaba los significados de palabras nuevas.

Acrotomofilia: deseo sexual hacia una persona amputada.

Apotemnofilia: deseo de amputarse un miembro.

«Pero yo no quiero amputarme, sino amputarte», le dijo mientras su gemela sonreía. Decirle a Paula lo que había en su cabeza, pronunciárselo aunque ella no la oyera, le daba a Bárbara la ilusión de tener el control, pero a veces temía perderlo igual que las personas que salían en los noticieros y en el *Diario Extra*; personas normales que, en cuestión de segundos, lastimaban a sus parejas, a sus hijas, a sus hermanas o a sus madres. Se enfermaba de miedo en la cama, boca abajo, y Paula volvía a decirle, con pereza, que no tenía razón alguna para sentirse culpable.

Que si un día le cortaba la lengua, ella la perdonaría.

Que si un día se hacían daño sería por amor.

Bárbara ensayaba cómo expresar la verdad a pesar de que las palabras siempre se equivocaban. «Lo único que nos separa son las noches», le decía a Paula. «Lo único que nos divide es el sentido de lo horrible». Comunicarse con su gemela, sin embargo, era más sencillo que hacerlo con cualquier otra persona: a ellas las unía el pelo, las vértebras, la pelvis. Eran iguales en cuerpo y sus huesos respondían a una gramática superior.

Sus palabras, en cambio, eran distintas e incompatibles.

Por eso algunas noches quería castigarla.

Golpearla.

Amputarle el deseo.

Porque era responsabilidad de las dos enseñarse lo importante, aunque fuera fugaz, y evitar que empezaran a perder su mundo compartido o, peor aun, a pensar de forma incomprensible para la otra.

–¡Les toca ya, muévanse! –les gritó el Duende.

Brazos, cabezas, piernas brotaron del humo azul como miembros independientes, liberados y oscilantes. Bárbara miró las partes de su público y pensó en que el amor lo unificaba todo y que era eso lo que pedían ellas: estar juntas en el sonido de los rasguños que la madre se hacía a sí misma, en el de los cajones de las pastillas abriéndose y cerrándose, en el del agua de los grifos saliendo a toda presión, en el del llanto pesado. Quería comunicarse con su igual, que el amor las juntara en el miedo y en el espectáculo de los ruidos de la noche de la madre.

Ojalá que se caiga el escenario, pensó Bárbara mientras subía y las luces le engordaban las pestañas.

Ojalá haya un terremoto.

Ojalá erupcione un volcán.

Paula no sabía cómo sonaba una madre sufriendo de insomnio crónico y de depresión. Tampoco sabía lo que era levantarse en medio de la oscuridad y que las rótulas saltaran fuera del cuerpo como ranas óseas. «Mami está enferma de la mente», escribió Bárbara en un papel a los ocho años. «Es como tener varicela, solo que en el cerebro». De las dos era ella quien se arrastraba bajo la sábana para ocultarse del horror sonoro de la madre que no dormía, que se desesperaba, que se arrancaba los cabellos y que, con el fin de ahorrarles la visión, las encerraba en el cuarto de las camas gemelas. Y cuando creció y entendió que no había ningún padre cabeza de muela saliendo de los armarios, sino solo el insomnio arrugándose detrás de las paredes, el miedo que la paralizaba se transformó en uno más sosegado. Soportaba varias horas despierta escuchando los sonidos, mirando hacia la cama de Paula que dormía igual que una osa, envidiando su paz, su falta de miedo. Nunca más intentó ponerse de pie en la oscuridad porque sus rótulas saltaban con la luna, igual que las de su madre.

A veces, en medio de los ronquidos y de los golpes, Bárbara oía cosas indescriptibles que le contaban, sin palabras, que le había tocado lo peor de la familia:

la verdad, la cara deforme de la sangre.

Lo que buscaba era una fusión: «Mamá suena por las noches como las mujeres que mueren en los *slashers*», le dijo a Paula y ella le respondió: «Hagámoslo sonar».

Buscaba compartir el peso de los sonidos, de la violencia que quedaba como un eco reverberante en su cuerpo, pero intuía que para que otros pudieran sentirlo tenían que escuchar la verdad y no su simulacro.

Oír el tamaño real de un grito.

Y que su tamaño los rompiera de adentro hacia afuera.

Desde el escenario las dos observaron las cabezas de más de cincuenta personas como templos donde cabalgar, cavidades esféricas habitadas por el horror y el deseo. Según la arqueología del sonido lo primero que un cuerpo oye es el latir de su propio corazón. Bárbara quería que el de Paula gritara con ella los efectos del insomnio y de la locura, que fuera una flor abierta al miedo para que vivieran las mismas experiencias. «Los ruidos y los silencios violan el cuerpo», le contó a Paula la noche antes del festival. «Tenemos que estar listas para esa violación». Las dos lo habían conversado en innumerables ocasiones: cada oyente era una gruta que demostraba lo que un sonido era capaz de hacerle a la imaginación.

Una vez un niño les dijo: «Mami dice que su papá es su abuelo». Ese día Bárbara llamó «ñaña» a su madre en el comedor y su madre le dio una bofetada tan fuerte que le hizo sangrar la nariz. El mundo estaba lleno de cosas terribles que podían dejar de verse si cerraban los ojos, pero los oídos no tenían párpados. Nadie en el público podría evitar escucharlas y, si decidían hacerlo, tendrían que correr.

Bárbara aplastó un botón y un ruido irreconocible salió de los altoparlantes. Tradujo las frecuencias en su mente: *Suena a radiografías negras, a claveles en fiebre, a torbellinos musculares, al deshielo del Ártico sobre un monte de venus.*

A carroña bramante.

«Dime a qué suena», le pedía su hermana siempre, menos ahora, con la luz cayéndole encima, la barbilla en dirección al techo y los brazos en el aire, como si estuviera colgada por las muñecas.

Suena a abetos derribados.

A montañas que hieden.

A campos y llanos de costillas.

A Dios pudriéndose sobre el mar.

A futuro.

—¿¡Qué mierda es eso!? —gritó alguien del público.

Había ruidos que hablaban de un tiempo antiguo de la carne. Cuando Bárbara escuchaba golpes huecos y repetidos, por ejemplo, los confundía con el de un cráneo pegándose contra la pared. Algunos rumores la devolvían a las puertas arañadas de las habitaciones y de los baños de su casa. Los crujidos y los chirridos, a los cajones con las pastillas de su madre. Los gritos, los gemidos, los alaridos, a su temblor interno. «Todo el que escucha, tiembla», les dijo una vez el profesor de música del colegio. «Los sonidos son siempre vibraciones».

—¡Apaguen los parlantes, chucha!

Parte del público se retorcía, arrugaba sus caras, y otra bastante mayor se mantenía quieta, paralizada, como si apenas pudiera respirar. Nadie entendía por qué el ruido se hacía cada vez más desesperado y salvaje. «Todo el que escucha, tiembla», se repetía Bárbara cuando ensayaban y veía a su gemela arrodillarse para tocar el suelo y las paredes y sentir lo que un sonido era capaz de hacerle a la imaginación.

—¡Apáguenlo!

Pero aunque se arrodillara y palpara el cuerpo sudoroso de la madre, solo una de las dos llevaba consigo el territorio sonoro: el que no se podía contemplar.

–¿Estás lista? –le preguntó y Paula pareció asustada por primera vez.

Abajo, la gente que aún no se había ido escuchaba, entre atraída y encogida por el disgusto, los sonidos pregrabados que saltaban de los altoparlantes y que a veces parecían gritos, a veces gemidos, a veces golpes, a veces sombras de otro mundo.

Ese era su público: el que quería oír el canto de lo innombrable y se lanzaba al mar.

Bárbara levantó un estilete y lo purificó con la llama de un encendedor.

Ese era su público: el que se abría para que el tamaño del grito entrara.

Y vibrando, Paula sacó la lengua.

SOROCHE

VIVIANA

Lo llaman mal de aire, mal de altura, mal de montaña, mal de páramo, apunamiento, soroche, pero siempre que te da te quieren hacer mascar coca como si fueras una maldita alpaca, y a mí eso no me gusta. A mí eso me parece asqueroso. Una vez me dieron un té de coca y fue lo más repugnante que he probado en mi vida. Yo sé lo que es estar muy alto, ¿sabes? Yo he estado en La Paz, en Quito, en Cuzco. He viajado mucho porque me gusta conocer sitios nuevos y culturas nuevas. Viajo, como mínimo, dos veces al año, y no a cualquier continente, sino a países donde el panorama es duro. No hago turismo chic, no señor. Yo me lanzo a la aventura y a veces eso tiene consecuencias. En fin, supongo que ya has escuchado antes cómo se siente si te da un soroche del bueno, pero igual te lo explico porque quiero que entiendas que no podía haber hecho nada, que apenas conseguía mantenerme en pie y en ocasiones ni siquiera eso. Mira, se siente como si tuvieras un fantasma adentro tuyo, como si te llenaras de un aire pesado y maligno, por eso cuesta tanto respirar. Al principio no lo notas, solo te cansas y te late el corazón igual que una locomotora, ¿sabes?, como si estuvieras corriendo una maratón. Eso se aguanta, eso no es tan malo. Pero luego sí se pone feo: te mareas, te duele la cabeza, vomitas, tiemblas. ¡Ay, es feísimo! El campo visual se te encoge, se vuelve un pasadizo donde no entra la luz. ¿Y así cómo iba a hacer algo? Mientras subíamos la montaña yo sentía que el fantasma de aire me agarraba por los huesos y me llevaba hacia el fondo de la tierra. Si uno sabe cómo es el soroche enseguida lo entiende. No podía haber hecho nada en esas circunstancias. Nada de nada.

KARINA

Ascendimos por el camino largo y difícil. Queríamos vivir la experiencia completa. No, gracias, pero ¿tienes agua con gas? Si puede ser con una rodaja de limón, mucho mejor. Gracias, querido. Decía que escogimos la ruta más extensa pero con el pleno conocimiento de que podríamos regresar antes de que se pusiera el sol. Ese era el plan. Y recuerdo perfectamente que así lo decidimos porque les dije a las chicas que tenía que enviar un *mail* a mi agente, algo sobre un contrato que estoy a punto de firmar con una editorial muy importante. Gracias, gracias, pero ¿has leído mi anterior libro? ¡Qué halago! Sí, está dedicado a Renato, mi difunto marido. Es y siempre será el amor de mi vida. Disculpa. No te preocupes, tengo un clínex. Espero que no te moleste mi afectividad: le digo querido a todo el mundo. Si te molesta, dímelo, querido. Estábamos contentas subiendo la montaña y contándonos cosas. Hacía algún tiempo que no viajábamos, y menos a un sitio así. Si te soy sincera, el turismo *hippie* no es lo mío, pero quería pasar tiempo con mis amigas lejos de las responsabilidades, el trabajo, los hijos, los novios, los esposos, los chismes… Bueno, ya me entiendes. También lo planificamos pensando en Ana, claro. La pobre estaba fatal, y tenía razón de estar deprimida. Todas intentábamos animarla, distraerla, pero eso no significa que no tuviera razón. La idea de irnos de viaje fue mía. Soy la de las buenas ideas, ¡ja! Eso sí, yo no escogí el destino, porque si hubiera sido por mí nos habríamos ido a una ciudad más moderna, quizás en Europa o en Estados Unidos, de esas que tienen librerías que salen en comedias románticas y famosos *malls*. Soy una escritora que disfruta de las grandes urbes, de la actividad cultural y de la moda. Visto muy bien, como puedes darte cuenta. Tengo la elegancia de Chimamanda Ngozi Adiche, ¿no crees? ¡Qué guapas son las negras hoy en día! Bueno, le regalé un libro de Chimamanda a Ana, uno feminista para que superara pronto lo de su marido… perdón, exmarido, pero dudo que lo leyera. No es buena lectora, tiene pocas luces, la pobre. Por eso el marido le hizo lo que le hizo: porque pudo. A mí eso no me lo habría hecho nadie.

NICOLE

Siempre hemos sido mejores amigas. Nos conocimos en el colegio, que es donde se construyen las verdaderas amistades, las de toda la vida. Nuestro colegio era y es uno de los más respetados, donde van las hijas de gente de bien, trabajadora, temerosa de Dios, que sabe prosperar. Después de todo, uno se junta con personas de sus mismos valores. Además, nuestras familias siempre han sido cercanas. Por ejemplo, las madres de Vivi y Kari solían jugar al tenis en el mismo club, y mi papá y el de Anita eran abogados en la misma firma. Ahora vivimos prácticamente la una al lado de la otra y nuestros hijos son amigos íntimos. Aunque Carlitos y Juanito se han peleado por una chica, pero no es nada grave, cosas de nenes. De cualquier manera, a lo que voy es que somos inseparables: vamos a la misma iglesia, organizamos reuniones para los vecinos, tomamos clases de zumba en el *gym* del barrio. Como hermanas, pues. Eso no quiere decir que no tengamos nuestras diferencias. Las tuvimos y las tenemos, pero las sabemos sobrellevar. Si algo nos aporta la madurez es perspectiva y paciencia para entender los defectos de las personas, para asumir que si queremos que Dios nos perdone nuestras ofensas, también tenemos que perdonar a los que nos ofenden. No es que ellas me hayan ofendido, por si acaso, es solo un decir. En realidad casi nunca hemos discutido por cosas importantes, sino por tonterías. Puras bobadas. Uno termina molestándose de vez en cuando con lo que tiene cerca, eso es normal. Por ejemplo, a veces me irrita la forma en la que Kari toma el rol de líder aunque nadie lo necesite ni se lo haya pedido. Tiene una personalidad, ¿cómo diríamos?, dictatorial. Se cree superior porque ha escrito un libro de feminismo católico que, por cierto, tiene cuestiones confusas como qué es lo que debemos hacer respecto a las lesbianas. Es una mujer muy inteligente, eso no se lo quita nadie, pero hay virtudes mejores como la coherencia y la humildad, cosas que ella no pone en práctica. Vivi también es presumida, sí, aunque por otras razones. Está obsesionada con el *fitness* y tiene una forma de decirle a la gente que se ve mal sin decírselo realmente, solo con la mirada. A mí me parece un horror que ande juzgando el físico de otros con tanta dureza, sobre todo cuando ella misma no se veía bien si no fuera por el dinero de su marido. Es un secreto, me mataría si supiera que lo ando diciendo por ahí, pero lleva más de cinco operaciones, y no por salud precisamente. Reconozco que ha quedado regia, sí, pero de niña era plana por delante y plana por detrás. No tenía chiste, parecía un chico. A lo que voy es que es normal que un día sí, un día no, uno sienta ganas de matar a alguien que quiere. Yo me he enfadado tanto en determinados momentos que le hubiera escupido a Karina en la cara. ¿Te imaginas? Ella que siempre mira a los demás como si estuviera por encima. Sí, un buen escupitajo en medio de su enorme nariz de escritora, pues. ¿Y a la Vivi? Una vez fantaseé con que le rompía los implantes. No me malentiendas, yo las adoro, pero está claro que Dios todavía tiene lecciones que enseñarles. Por ejemplo, lo que le pasó a Anita no fue otra cosa que una prueba divina. Su pecado siempre ha sido el orgullo: se sentía la mejor esposa, la mejor madre, la mejor amiga, la mejor cristiana. Además, era la única del grupo a la que nunca le habían roto el corazón. No es que me alegre de su sufrimiento, pero quizás ella necesitaba ese baño de humildad, esa experiencia dolorosa de la que todas hemos salido renovadas y fortalecidas. Hay gente a la que la tragedia le viene bien, sí. Por ejemplo, yo amo más a Anita ahora, después de lo que le hizo su ex. Siento compasión por ella, siento piedad. Incluso con lo que pasó en la montaña. Sí, ya lo creo. El dolor une a las personas y nosotras estamos más unidas que nunca.

ANA

Yo también tenía soroche, pero no fue eso lo que me hizo saltar. Sabes de lo que hablo porque has visto el video, no te hagas el inocente. Lo noto en tu cara, niño, en la forma en la que me miras: con asco, con vergüenza. Desde que llegaste no has parado de mirarme el pecho. ¿Crees que no sé cómo se ven mis senos? Probablemente haya visto el video más veces que tú y más que ninguna otra persona. Una y otra vez, llorando, gritando, halándome de los pelos. Sé muy bien cómo me veo. Sé lo que piensan todos los que lo han visto: que soy una vieja gorda y asquerosa. Eso es lo que piensan: que soy una vaca de ubres caídas y grotescas. Una vaca repugnante que muge. Muuu.

VIVIANA

Hay que ser muy cretino para hacerle algo así a Anita. Muy cerdo. Yo vi el video y pensé: ¡pobre Anita! La verdad es la verdad, y la verdad es que sale gordísima, como una morsa, ¡uf! Feísima, la pobre. No creas que se deprimió por el divorcio, no fue por eso, sino porque todos pudimos ver sus tetas aguadas, desinfladas y caídas, sus pezones gigantescos, su celulitis, sus varices, la forma horrorosa en la que su grasa se movía mientras, ya sabes, ¿sabes?, como haciendo olas. Es un poco gracioso, pero solo un poco. Recuerdo detalles tan asquerosos que mejor ni contarlos. En fin, era eso lo que le costaba tanto soportar. Fue eso y no otra cosa lo que la deprimió. A nosotras nos dio muchísima pena, así que planificamos el viaje. Queríamos que cambiara de mentalidad, que viera lo positivo del asunto. Con todo, yo la entiendo a Anita, ¿sabes? Si la gente me hubiera visto así me habría muerto. Claro que es diferente porque mi cuerpo está *fit*, pero imagino lo que fue para ella y se me ponen los pelos de punta. Conozco a Anita y sé que no dejaba de pensar en el video. La pobre no quería salir de casa, ni siquiera estar con sus hijos. Yo le dije: «Anita, no pasa nada, si quieres vamos más días a la semana al *gym* y te entreno y te pongo pivón», pero no me respondió nunca. Ese es uno de sus grandes defectos: la pereza. Llevo años diciéndole que necesita una rutina de ejercicios especiales para bajar de peso y tonificar sus músculos, ¿sabes?, por su bien. Si me hubiera hecho caso, al menos habría salido distinta en el video. Al menos habría salido guapa, que es lo que importa.

KARINA

Es cierto que Ana hablaba muy poco, que lloraba por las noches y que por el día tenía la mirada perdida, que no comía ni se reía de nuestros chistes, que se encerraba durante mucho tiempo en el baño. Pero, querido, tampoco sabíamos que la estuviera pasando tan mal. ¿Cómo íbamos a saberlo? No estamos en su cabeza y no somos psicólogas. Sin duda era un momento delicado para ella, por eso le dijimos que la gente se olvidaría del video aunque no fuera cierto. Las personas de nuestro círculo no olvidan este tipo de cosas. Ana podrá retomar su vida normal, claro, y nadie le dejará de hablar ni mucho menos. Seguirá siendo la vicepresidenta de la comisión barrial y la directora del coro de la iglesia. Seguirá estando invitada a las fiestas y a las reuniones, nadie le va a quitar sus espacios ni su lugar en sociedad. Quiero decir que, al menos en apariencia, todo va a seguir siendo como antes. El problema, querido, es que Ana sabe, y nosotras también sabemos, que ya nadie la va a mirar igual. Nadie la respetará ni creerá en la imagen que ella nos ha vendido de sí misma. Es muy tarde, hemos visto su verdad. De ahora en adelante le tendrán pena en el mejor de los casos, y eso es terrible para una mujer. Yo le tengo pena. Sugerí que viajáramos juntas por la lástima que le tengo, o como dice Nicole, por conmiseración. Insisto en que Ana estuvo de acuerdo desde el principio. Bueno, llegamos a un hotel agradable, paseamos por el centro histórico y cenamos en un restaurante típico de la ciudad. La altura nos hizo cansarnos pronto, pero nada del otro mundo. A la mañana siguiente nos despertamos temprano porque según el plan de Viviana eso era lo que teníamos que hacer. Ella decidió que las vistas merecían que subiéramos un poco por la montaña. «¡Hagamos *hiking*!», dijo. Si me hubieran preguntado a mí yo hubiera escogido un edificio alto con elevador, ¡ja! Explorar en tacones está muy *in*. Viviana siempre se jacta de su condición física, es parte de su personalidad. No sé qué hará cuando se dé cuenta de que ya no es una muchachita y que todos notamos los arreglitos que se hace. Bueno, subimos la montaña hablando de cualquier cosa, del instructor de zumba, de decoración, de nuestros hijos, de las fiestas por venir y, sobre todo, evitando el tema del video, pero el asunto estaba ahí, igual que el soroche. Como dije antes, todas nos sentimos un poco raras por la altura, pero estábamos bien. Querido, ya sé que Viviana dice que se sintió a morir, pero no es cierto. Estaba contenta con la excursión.

Fue luego, en la montaña, cuando todas nos pusimos mal. Tomamos el sendero y disfrutamos del paisaje, que era precioso, justo como el que describo en mi libro. Y eso que yo jamás había estado en una montaña, pero tengo una buena imaginación. Te confieso que he pensado en escribir sobre lo que le pasó a Ana. Una novela, tal vez, con un personaje inspirado en ella... Creo que sabría transmitir su angustia y su desasosiego porque, y esto te lo podrá decir cualquiera que me conozca, soy tremendamente empática. Es uno de mis rasgos distintivos. Bueno, mientras subíamos nos dimos cuenta de que estábamos a una altura considerable, y fue entonces cuando alguien dijo, creo que Nicole, que se estaba sintiendo rara. Es posible que Viviana también se estuviera sintiendo mal, pero como ella quería presumir de su resistencia y de su estado físico no nos lo contó. Yo, en cambio, dije sentir la cabeza pesada y los brazos líquidos. Aun así continuamos caminando, no sé por qué. Supongo que por Ana y para darle sentido a una hora de subida en pendiente. Estoy segura de que ella también tenía soroche y que por eso vio lo que vio. No es que Ana se volviera loca, sino que enloqueció por un instante. Cosas así pasan: la tristeza y la falta de oxígeno pueden nublarle a uno el pensamiento. No hay que juzgarla: fue la altura. ¿Ves, querido? Soy toda empatía.

NICOLE

Eso no se le hace a una mujer de nuestra edad. Los hombres publican videos de sus parejas cuando estas tienen veintipocos, treinta y pocos. Si te hacen eso cuando eres joven es humillante, sí, pero la vida sigue, pues. En cambio, a nuestra edad, uno ya está yendo dignamente hacia abajo. A mí siempre me dijeron: «No hagas lo que te daría vergüenza que te vieran haciendo». Esas son palabras sabias. Espero que Anita aprenda de esta dura prueba, sí. Dios sabe lo que hace y nunca nos da más de lo que podemos soportar. Amén.

ANA

¿Que en qué estaba pensando mientras subíamos la montaña, niño? Pensaba en mí misma abierta de piernas sobre la cama. En mis muslos gordos, arrugados, con mesetas y hundimientos de piel de naranja. En mis venas azules, rojas y verdes hinchadas igual que lombrices de mar. En mis dedos haciendo círculos sobre mi clítoris creyéndome sexy cuando claramente, evidentemente, rotundamente, no lo soy. En mis ubres moradas. En mi lengua de *bulldog* retrasado. En mis labios vaginales oscuros, grandes y decadentes. En cómo él me hace girar y la cámara cae en una esquina y se ven solo mis tetas igual que dos berenjenas descomponiéndose. Pienso en mis mugidos, muuu. En mi expresión bovina. En el vello negro y espeso que cubre mi barriga flácida. En la cara patética que pongo cuando me creo sexy. En la cicatriz de la cesárea como un ciempiés marcándome de lado a lado. En mi cuerpo de luchador de sumo, de elefante, de foca, agitándose nauseabundamente, ridículamente, repugnantemente. En cómo él coge la cámara y me enfoca el ano con hemorroides y me mete el dedo y sangro y suelto caca. En la voz que pone cuando me dice «eres una puta asquerosa», «puta, puta, puta, puta, puta», «te vomitaré encima por hedionda», «zorra inmunda», «zorra cagona». En cómo mujo, muuu. En mi culo chato. En los movimientos ridículos que hago cuando creo que me veo sexy. En que soy, sin lugar a dudas, la persona más vomitiva del planeta. En las caras de mis amigas viéndome. En las caras de mis hijos viéndome. En las caras de mis vecinos y conocidos viéndome. En las náuseas que seguro sintieron todos ellos al verme. En mi cuerpo infecto, indigesto, repelente, repulsivo, creyéndose sexy. En lo patético y triste que es el sonido de mi grasa chocando contra el cuerpo firme y atlético de él. En la piel marrón oscuro de mis muslos internos. En la verruga de mi espalda. En lo intolerablemente obesa que me veo, sobre todo en plano cenital. En la uña mal cortada de mi dedo meñique. En los callos amarillentos de mis talones. En mis arrugas de hiena. En lo patético y triste que es el sonido de la gordura de mi monte de venus chocando contra su abdomen. En mis axilas sin depilar. En mi piel de armadillo, de manatí, de tortuga, de rata, de caimán, de tapir, de cucaracha. En que él no eyacula y se le baja la erección. En que es lógico que se le baje la erección. En que es un milagro que se le haya puesto dura en primer lugar. En la resequedad de mis codos que con la luz del cuarto parece psoriasis. En que el plano cenital no solo me hace ver intolerablemente obesa, sino que también muestra la incipiente pero ineludible calvicie de mi coronilla, pálida, brillante, como una rodilla vieja. En que tengo tetas en la espalda de tanta grasa acumulada y colgante. En los pelos que salen alrededor de mis pezones. En que sudo como una cerda y mi sudor cae sobre la sábana y sobre mi cuerpo de rinoceronte africano. En las arcadas que me produce ver tanto sudor y el tono amarillento que deja sobre la almohada. En que no solo soy fea, sino repugnante, nauseabunda, hipopotámica. En la mancha de sangre y excremento que queda en el edredón y que se ve en casi todas las tomas. En los rollos que tengo hasta en el cuello. En la baba hedionda que dejo caer sobre la cama y que me hace parecer más que nunca un *bulldog*. En que noto que después del video las personas me miran asqueadas aunque lo disimulan para no herir mis sentimientos. En que el hecho de que lo disimulen para no herir mis sentimientos hiere mis sentimientos. En que no estoy rodeada de amor, sino de pena. En la enorme papada que se traga por completo mi mentón. En que ya no soy joven, ni bonita, y que nadie jamás volverá a desearme porque el deseo es algo que solo inspira la belleza y la belleza es joven y yo ya no soy joven, ni guapa, sino un gorila, una orca, un bisonte. En lo horrible que es ser tan espantosa y sin embargo estar tan viva y existir en medio de la belleza más absoluta, por siempre y para siempre esperando a que alguien desee lo indeseable, por siempre y para siempre esperando que alguien quiera mi cuerpo y con su amor lo haga bello. En el tamaño y el color de mis hemorroides. En mi ombligo que se dobla y cierra por culpa de la grasa de mi barriga. En mi ausencia de cintura. En la quemadura de mi pie. En las enormes alas de gordura de mis brazos. En cómo me sujeto las piernas y las abro tanto que se ve claramente que él mete el puño en mi vagina y entra aire y suena a pedo. En lo largos que pueden resultar dos minutos y treinta y siete segundos de video. En el tamaño y color de mi clítoris. En que ya nunca más volveré a recibir ni a dar un beso apasionado. En mi lengua de babosa arqueándose. En la forma en que le pido que me abrace y no me abraza. En que ya nadie nunca más me volverá a abrazar desnuda. En cómo aprieto los dientes fingiendo un orgasmo que solo yo sé que no me llega. En lo deforme y monstruosa que se ve mi cara cuando lo finjo. En lo patético que es que yo haya pensado, toda mi vida, que gemía y no mugía. En la crueldad del tiempo. En que cuando el video se detiene la imagen que queda es la de mis ojos blancos. En el amor y la fealdad. En que la fealdad siempre gana.

VIVIANA

Yo no vi cuándo fue que Ana se quitó los pantalones. Lo que sí vi fue la cara de desconcierto de Nicole y por eso me volteé y ya me la encontré de cuclillas, orinando. Así, sin más. ¡Tremendo! Es que tú no lo sabes, pero eso es algo que ninguna de nosotras había hecho delante de la otra, y menos al aire libre, como los animales. Nos quedamos de piedra, no lo podíamos creer. Y después de lo del video… era surrealista. No sabíamos cómo reaccionar ni qué mierda hacer. Alguna se rio torpemente, creo, a lo mejor fui yo. Le dijimos: «Anita, por favor», pero ni siquiera nos miraba, ¿sabes? estaba como en su propio universo, galaxias enteras más allá. Fue un momento raro porque hacía viento y su pis voló un poco hacia donde estaba Karina y la pobre tuvo que saltar para que no la meara. Ya allí nos dimos cuenta de que algo le estaba pasando, pero teníamos soroche y sabíamos que si caminábamos un poco llegaríamos al refugio para mascar coca o algo así, alpaca *style*. No tenía sentido que bajáramos, por más mareadas que estuviéramos. En fin, yo quise hacer como la Kari y Nicole que se giraron para darle a Anita su privacidad, ¿sabes? Sin embargo, algo me pasó, no sé qué, tal vez la altura, y no pude dejar de mirarle las nalgas. Si has visto el video entiendes lo feas que son. Yo traté de pensar en la rutina de ejercicios que le propondría para levantar esas pompas flojas y cuadradas, ¿sabes? en cosas buenas para ella y no en las manchas o la celulitis. Entonces me dio coraje: me pregunté por qué Ana estaba haciendo eso, orinando así, como un cochinillo. Por qué no se cuidaba. Por qué se había dejado filmar. Por qué siempre quería ser la víctima y dar pena en lugar de hacer algo por ella misma. Por qué no solucionaba sus problemas en lugar de regodearse en las dificultades. No pienses mal, de veras, pero por unos segundos entendí a su exmarido. Fue solo por unos segundos, ¿sabes?, y después ya se me pasó.

Karina

Lo he estado pensando mucho en estos últimos días, en por qué me di la vuelta para no ver a Ana orinando. Querido, yo soy de las que quieren entender hasta el más mínimo porqué de sus propios comportamientos. Quiero conocerme mejor que nadie: saber de dónde proceden mis impulsos primarios, qué parte salvaje de mí actúa antes que mi voluntad. La mente es más veloz que el pensamiento consciente, por eso escribo: para atrapar el pensamiento. Suena bien, ¿a que sí? Lo he dicho en algunas entrevistas. Sea lo que sea me giré, incómoda, y le di la espalda a Ana, pero ¿por qué esa incomodidad? En Nicole, que es mojigata como ella sola, fue una reacción entendible. En mí, en cambio, absolutamente inesperada. Te voy a decir la verdad ya que hay confianza entre nosotros: no me volteé por pudor, sino por rechazo. El video estaba muy reciente en mi cabeza y no quería ver el cuerpo de Ana. Es horrible que lo diga, lo sé: las emociones humanas son horribles la mayoría de veces. Me sentía mareada, a punto de vomitar, y tenía pocas ganas de interrumpir la visión de un paisaje tan hermoso como el de la montaña por uno desagradable y tosco. No quería ver el cuerpo de Ana, esa es la verdad. Yo creo que ella lo sabía y nos estaba poniendo a prueba. Todas fallamos, por supuesto. ¿Me das una calada? Gracias, querido. El sendero estaba limpio, durante el ascenso no nos encontramos ni una sola alma salvo en esos breves segundos en los que vi a un indio a lo lejos, más arriba, mirándonos con un poncho rojo y un bastón de madera. Te lo cuento ahora porque cuando Ana salió corriendo el indio también lo hizo y fue como si los dos fueran la misma persona, solo que en distintos sectores de la montaña. Te parecerá una locura, pero casi juraría que vi al indio correr de espaldas. Se me heló la sangre. Todo esto lo vi al final, por supuesto, y ya no pude hacer nada. Tal vez fue el soroche. Bueno, lo que quiero decir es que le fallamos a Ana porque una vez más la hicimos sentirse mal consigo misma y con su cuerpo. Estaba orinando, tampoco era algo espantoso. Reaccionamos mal. Me siento culpable por haberme dado la vuelta, por haber cedido a esa emoción indigna del cariño que le tengo. Sobre todo porque si no lo hubiera hecho habría podido detenerla, pero como le di la espalda solo vi el final, cuando Ana y el indio se lanzaron. ¿Un cóndor? ¿Quién te dijo eso, querido?

NICOLE

No me gusta mentir, nunca lo hago. Voy con la verdad por delante, así que puedes confiar en lo que te digo: la Kari miente. Y no sé por qué, si no hay necesidad. Todo lo que

ocurrió fue muy triste, muy triste, pero es obvio que no fue
nuestra culpa. Y si tuviéramos que señalar a un culpable,
ese sería el ex de Anita, no nosotras, pues. Es un alivio
que ahora esté sana y salva con su familia. Vamos casi
todos los días a verla y en la iglesia hemos rezado muchí-
simo por su recuperación porque, pese a todo, es nuestra
hermana, y seguro que Dios en su infinita misericordia la
perdonará. ¡Yo rezo para que así sea! Amén. El asunto es
que ya me gustaría decir otra cosa, pero la Kari miente: no
se volteó como ella dice y no hubo ningún indio. Es difícil
de explicar así nomás, mira, te lo dibujaré en esta servilleta. Esta era la disposición: yo aquí, Anita aquí, Vivi aquí
y Kari aquí. ¿Ves? Aunque yo estaba dándole la espalda
a Anita podía ver perfectamente a las otras. Fui la única
que se dio la vuelta. Vivi cree que la Kari se giró conmigo
porque la vio huir de unas gotas de pis que el viento llevó
a su dirección, pero no lo hizo, solo se movió hasta aquí
y Vivi ya no pudo verla. Por lo tanto, las dos tuvieron que
haber visto a Ana subirse los pantalones y correr hacia el
precipicio. Yo escuché gritos, nada más. Cuando me volteé
no había rastro de Anita y las caras de Vivi y Kari eran
de horror puro. Me dio vergüenza la situación. Vergüenza
ajena, pues. ¡Hacer algo así delante de tus amigas! Y luego
pavor, sí, porque pensé que se había matado. ¡Diosito no
la habría perdonado jamás! Si me preguntas, yo creo que la
Kari se inventó lo del indio para justificar que se quedó
quieta junto a la Vivi en lugar de agarrar a Ana. Yo lo que
sí vi fue a un cóndor, pero apenas unos segundos. Bonita
criatura. Tétrica, pero bonita.

ANA

Escúchame bien, niño, porque solo lo diré una vez. Estaba meando sobre las piedras como un animal de páramo porque eso es lo que soy, una criatura que orina sobre lo bello. Ellas hablaban de Angelina Jolie, de lo hermosa que fue y lo demacrada que está ahora, de lo triste que es haber sido perfecta para después dejar de serlo, como una rosa marchitándose, como un riachuelo que se seca, de lo frágil que es la perfección, de la brevedad de la juventud, de como unos labios carnosos pueden volverse dos chiles guajillos, de la silueta esquelética que ha tomado su cuerpo antes voluptuoso, antes deseado, antes amado, y sentí odio. Sí, un odio muy profundo por cada una de ellas, por sus estúpidos temas de conversación, por sus reflexiones de tres centavos, por tenerme lástima y llevarme a un viaje por lástima, pero sobre todo por mí. Me odié con claridad y transparencia. Con rabiosa honestidad. Entonces me bajé los pantalones y oriné igual que una perra a la que se saca a pasear, porque por qué no, si para ellas soy una mascota. También sentí odio por la belleza de las nubes y del verdor de la montaña y de las flores y de la ciudad abajo, y supe que mi rol en ese paisaje era el de mear hasta la muerte. ¿Comprendes? Porque la belleza es mi enemiga. Y lloré, pero de odio extremo. Lloré por la cordillera y por la espalda puritana de Nicole y por las miradas condescendientes y asqueadas de Viviana y de Karina. Y así, con el culo recibiendo el viento de la montaña, asumí por primera vez la condición real de mi existencia… Muchacho, yo no sé si sabes que esto solo ocurre una vez en la vida. Se trata de una revelación tan triste que la mente la hace breve, aunque en mí duró demasiado tiempo. Cuando uno está arriba piensa que ver bien será difícil, pero no es verdad. Ves nítidamente lo que eres y lo que son los otros, que abajo todo es pequeño y miserable y que de allí provienes. Ese es el verdadero mal de altura. Eso es lo que te hace correr. También ves lo imposible, lo que no importa si es real o una alucinación: un indio transformándose en un cóndor gigante que ensombrece el día, y recuerdas la leyenda. Recuerdas que un cóndor escoge el momento de su muerte. Que cuando se siente viejo, acabado, sin pareja, se lanza de la montaña más alta hacia las rocas. Un cóndor con soroche. Y yo supe, mientras veía la metamorfosis del indio, que morir después de orinar sobre el futuro podía ser mi último acto de dignidad. Así que lo hice, niño. Replegué las alas y fracasé.

TERREMOTO

«AMAR ES TEMBLAR», dijo Luciana.

«Entonces la tierra nos ama demasiado», le respondí cuando el cielo se hizo gris y oval y succionó toda la luz.

La lava incendió el océano.

Así fue como empecé a medir el tiempo según los latidos de Luciana.

«Esto es vivir entre volcanes», decía ella dejándome escuchar su corazón de rebaño. «Esto es respirar en la boca de la muerte».

Amar y morir.

Avanzar sobre las grietas de los puentes que se quiebran.

Hubo un tiempo en que el suelo no se movía. Luego llegó el terremoto madre y Luciana abrió las piernas adentro de mi sombra. Hubo muchos otros antes, pero ninguno igual que ese: el apocalíptico, el que nos hizo desaparecer hacia el interior del planeta que ardía como la lengua de mi hermana sobre mi pelvis.

Jugábamos a encontrar las diferencias entre su nombre y mi nombre.

Lu-ci-a-na.

Lu-cre-ci-a.

Juntábamos los dedos en la penumbra para crecer una memoria del fuego líquido de nuestra carne.

Nos refugiamos entre los cóndores.

Nos escondimos de la sangre de los que vagaban esquivando a los caballos.

Luciana tenía miedo de la oscuridad sin techo, por eso medía con sus trenzas la altura de nuestras paredes. La casa podía haberse caído, venirse abajo con el sonido ronco y pedregoso de la tierra, pero ella decía que morir aplastadas por el hogar era mejor que sobrevivir sin refugio; que morir con nuestras sangres indistinguibles, rojas como la luna, mezcladas entre los cimientos era poético.

«¿Has visto lo golpeada que estás?», dijo acariciándome con los nudillos.

Las erupciones volcánicas pintaron el sol de un amarillo enfermo.

Amarillo verdoso.

Amarillo pus.

Pero nuestra casa era una piedra en donde no importaban los colores. El terremoto destruyó la ciudad y la pobló de zapatos solitarios y de carroña. La gente abandonó sus refugios, corrió hacia el exterior esquivando a los caballos y a los cóndores, dejó sus edificios, sus casas, sus cuevas, porque no quería morir aplastada. «¡El cielo es lo único que no puede caerse!», gritaban arañando la ciudad en ruinas.

Levantaron carpas en las aceras.

Se tragaron a los niños y a los ancianos eructando un vaho polvoriento.

«El miedo nos vuelve estúpidos», le susurraba yo a Luciana cuando hacíamos el amor en medio de la catástrofe.

«Morir ahora sería perfecto», decía ella, jadeando.

Su lengua era larga como una cuerda que yo hubiera querido saltar.

Su lengua era una cuerda que me ataba a cada esquina de la casa que no se caía nunca.

«Amar es temblar», pronunciaba Luciana para que yo sintiera sus palabras. Ella quería una muerte perfecta, pero nuestra casa era un templo que guardaba celosamente la historia de lo que no se cae.

«Es esto lo que nos mata», le dije una noche. «Esta manera tan absurda que tenemos de resistir».

La gente prefería la oscuridad, la lava, las piernas abiertas de la tierra, antes que acercarse a una casa que no sabía cómo caerse.

Afuera los gritos eran más débiles que cualquiera de mis gemidos.

Luciana contaba las grietas con los ojos cerrados y tenía pesadillas con los oídos abiertos. Los cóndores eran el único soplido de Dios estrellándose contra el fuego incesante de los volcanes. Juntas los mirábamos limpiar los cuerpos que la tierra no alcanzaba a masticar y nos abrazábamos para darnos calor.

Había huesos más grandes que las piernas de Luciana. Ella las abría adentro de mi sombra y me exigía que la tocara donde estaba prohibido. «Me caminas por encima como un muerto sin sexo», decía y luego me preguntaba: «¿Te gusta el sabor de la sangre?».

«Me gusta. Sabe a lenguaje», le respondía.

Afuera los hombres y las mujeres se alejaban de nuestra casa como de una abominación. «Ñaña, ñañita mía: por favor, cierra las piernas adentro de mi sombra», le pedía yo por las tardes, pero Luciana quería que arrojara su cadáver a los establos donde un caballo jamás pisaría a un muerto.

«Yo quiero parecerme a ese muerto que no pisarán los caballos salvajes de tu frente», le dije la noche en que salté su cuerda y emergí de la cama como una ahogada.

La noche en que mojé los corredores acariciando las paredes y sus grietas.

La noche en que supe que tragar cenizas era mejor que refugiarse en una abominación.

Eso le dije antes de saltar su cuerda y emerger de la cama como una ahogada: «Es mejor ser alimento para cóndores que vivir dentro de esta abominación».

Su interior cavó mi tumba parecida a un incendio bajo el agua.

«No existe la muerte perfecta, solo la muerte», me dijo llorando de belleza.

Y salí a que me cayera el cielo.

El mundo de arriba y el mundo de abajo

Como a la playa la marea debías sobrepasarme
pero tu muerte crecía más rápido que mi amor
delicada espina de erizo.

Efraín Jara Idrovo

Piedra I
El conjuro

Esta escritura es un conjuro.

Escribo el segundo nacimiento de mi hija con el agua fresca de mis palabras. Soy un padre creador de conciencia, forjador de errores cósmicos. No tengo miedo en el alto páramo, sino deseo.

Cuando mi mujer vivía pronunciaba al sol: «A Dios no le importa que los pájaros canten el futuro». No le molesta que un cóndor planee sobre los volcanes y traiga con él la noche de las plumas.

«Dios es grande y entiende nuestra hambre».

Por eso un chamán deshuesa las palabras dormidas a la sombra de las montañas. Conoce la musculatura del verbo, la descripción del universo como una enmarañada selva interior. Es un padre y habla con la naturaleza. Pronuncia el idioma de los animales. Les perdona la vida y se las quita con igual respeto.

Un chamán no es Dios pero se le parece.

En medio de los frailejones percibo la divinidad de las piedras blancas. Escribo sobre ellas como si dibujara un porvenir. Más allá, resguardándose del sol, una llama mastica flores para la tumba de Gabriela. No tengo miedo en el alto páramo, pero temeré. Soy un padre, como Dios, y un chamán pequeño ante lo sagrado.

Esta escritura es un conjuro entretejido en lo más profundo de la tierra. Un desafío arrojado al estómago de mi duelo. «Renace a Gabriela», me dijo la voz antigua de las rocas. «Porque tú formaste sus entrañas y la hiciste en el vientre de su madre». Lloré muchas noches sobre los ojos abiertos de mi hija. Muchas mañanas en la boca abierta de su madre. «La paternidad me pesa», le respondí a esa voz antigua. «Vi a mi hija nacer y morir. La enterré con mis propias manos. Ahora mi mujer ha muerto y su cadáver permanece en casa».

«Renace a tu hija, *Kay Pacha*», susurró el viento.

Escribo cegado por las lágrimas sobre la tumba de Gabriela. Soy el hombre-puma. El hombre-lobo. Estas frases poseen el tamaño de mi respiración. Un conjuro que hace revivir a un muerto exige una escritura cardíaca: palabras que salgan del cuerpo para entrar en otro y transformarlo.

La magia es una encarnación: un canto que une el mundo de arriba y el mundo de abajo para renacer a Gabriela.

Estas palabras son la simiente.

Piedra II
Y LA MADRE DIJO: «QUE REVIVA EN MI CUERPO»

En mi tierra es verano todos los días, invierno todas las noches. Por la mañana sudo junto a la puerta cerrada de mi habitación, pero cuando el sol se oculta tiemblo.

El frío es una araña que teje sobre la piel desprotegida de los hombres.

Mi mujer se apagó veinticinco días después que nuestra hija. Mientras agonizaba sostuvo mi mano adentro de la suya, una garra de águila cortándome la carne. «Guarda mi cuerpo del viento y de la nieve, *Hanan Pacha*», dijo con los labios como el páramo. «Llena mi boca con la ceniza del volcán, cúbreme la piel con colas de caballo y hojas de chuquiragua, pon en mi mano izquierda un colibrí y conjura el renacimiento de Gabriela».

Así lo hice porque ese era el deseo de mi mujer y el mío propio. La protegí del malaire y de la nieve. Llené su boca con la ceniza densa del volcán. Cubrí su piel con colas de caballo y hojas de chuquiragua. Puse en su mano derecha un colibrí. La dejé reposando sobre nuestra cama y cerré la puerta.

Han pasado cuarenta días y treinta y nueve noches desde la última vez que entré en nuestra habitación.

El frío es una araña oscura que huye cuando amanece. Al salir el sol, mi piel suda. Dejo la casa y camino cincuenta metros hasta la tumba de Gabriela. En cada paso la recuerdo viva, pequeña, con las manos del tamaño de una oreja de venado.

Mi hija cabello de zorro.

Mi hija dientes de pedernal.

Lloré sin palabras sobre sus ojos abiertos, con el pecho destrozado, minúsculo ante la vastedad de las montañas. «Este dolor es imposible», dijo mi mujer entonces mientras besaba el pie congelado de mi hija. «Yo también moriré, no hay otra manera».

Los pájaros lo cantaron en su alto vuelo. Los indios lo gritaron con sus miradas cenagosas:

Invasores. Terratenientes que juegan a la andinidad.

«Esos salvajes le echaron un mal de ojo a nuestra guagua», dijo mi mujer mordiéndose las rodillas. «Nos la quitaron. Nos la arrebataron». Ella se cortaba el pelo y lo ponía sobre la tumba de Gabriela igual que flores. Doblaba la ropa de mi niña y se hundía en ella. «No existe un dolor tan grande. Voy a morirme, es lo natural».

A lo lejos, los indios del pueblo miraron con desconfianza nuestra casa.

Yo soy el hombre-puma. El hombre-lobo. Escribo en las blancas piedras que recubren el cuerpo de mi hija. Rompo la ley natural: impido que su espíritu alcance el mundo de los muertos. Me rebelo contra los dioses porque he sido despojado y no hay nada más miserable que un hombre despojado.

Los animales me lo recuerdan: un chamán debe respetar el ciclo de la vida, honrar la muerte. Pero renacer a Gabriela era el deseo de mi mujer y el mío propio.

Señor, perdona esta profanación.

Ten piedad de mi hambre.

Los indios me miran como buitres esperando carroña. Hace dos meses un cóndor cruzó el ancho cielo y trajo la noche de la muerte de Gabriela. Plumas negras cubrieron el páramo, plumas como la pavesa, y yo le dije a la nada con las rodillas sangrando sobre el suelo: «No es normal que un padre sobreviva a su hija. No es lógico que un grano de arena pese lo mismo que una pluma». Tanta fortaleza es solo privilegio de los dioses. En cambio nosotros, hombres y mujeres de carne y hueso, sabemos que no hay fuerza en la pérdida sino derrota.

Este ulular en las costillas es mi llanto: una soledad que pide ser nombrada en el desierto. Por eso escribo palabras como el agua que alimenten a Gabriela. Porque yo te enterré, hija mía, igual que a una semilla de árbol.

Rodeado de oscuridad, busco contigo el sol.

PIEDRA III
LA ESPERA

Respiro junto a la puerta cerrada de la habitación. Huelo algo dulce, como miel de panal. Es el aroma del mundo de arriba, pero también del misterio que exploro en la blancura de las piedras.

Al otro lado de la puerta unos pulmones rejuvenecen.

Un útero.
Un corazón.

En ocasiones me asomo por la mirilla y veo el cuerpo seco de mi mujer sobre la cama, cada día más joven, como si la muerte estuviera retrocediendo.

No recuerdo la última vez que sentí tanto amor.

PIEDRA IV
LA NOCHE DE LAS PLUMAS

En mi tierra es verano todos los días, invierno todas las noches. Pero la noche en que murió Gabriela hizo calor y los indios salieron de sus chozas para rodear nuestro terreno.

Invasores, nos llamaron. Terratenientes que juegan a la andinidad.

Dibujo sobre las piedras blancas. Le pongo nombre a la muerte porque una palabra es como un volcán que guarda la elevada temperatura de la tierra. Esta escritura extática, mineral, une el mundo de arriba y el de abajo en un solo canto resurrector.

Un canto de la aridez, del silencio que queda tras el vacío.

Aquella noche un cóndor soltó sus plumas sobre el páramo seco. Fue un presagio, pero no lo quisimos ver. Los animales huyeron junto al curandero. Miré la cara del terror en el polvo. Mi hija sudó sobre el catre y sus ojos se volvieron hacia el fondo de ella. Besé sus noventa centímetros de piel pálida. Le canté la canción de la Mama Quilla. Le prometí que cabalgaríamos juntos hacia el volcán y que lo subiríamos para que conociera la verdadera altura de las nubes.

Un hilo de sangre cayó de su mentón al pecho. Un río quieto y desnudo de peces.

Desde los cerros me llegaron las voces roncas de los indios: «No eres un chamán, sino un hombre». Un hombre flaco, desorbitado, que no puede sostenerse. Al amanecer, mientras mi mujer apretaba el pie frío de mi hija contra su cara como si fuera un corazón, entré en trance: fui un águila, un ciervo, una alpaca, pero ninguna criatura terrestre pudo cargar con mi soledad.

Estoy solo, supe, y la tierra es yerma.

Ahora camino descalzo en la negrura. Escucho el grito del viento. Trato de percibir lo sagrado y me abrazo a mí mismo, loco de pena, cuando noto que ya es imposible.

Para algunos la muerte es líquida como la lluvia. Para otros, sólida como una roca. Sé que el sonido de lenguas largas y pequeñas es el espíritu de Gabriela levantándose en el cadáver de su madre. La semilla de árbol que se rompe para regalarme una hija nueva.

Una hija que me perdone.

Una segunda oportunidad.

Desde el fondo de los huesos de mi mujer, como una flor abriéndose paso en la grieta, mi hija nace.

Igual que un cóndor, encuentro luz y alimento en la carroña.

Piedra V
Este es el agua

He llevado el cuerpo de mi mujer hacia la cama de Gabriela. Un cadáver encogido, a medio transformar, que tiene el tamaño de una niña. Observé su rostro de ocelote y le dije al viento: «Es todavía el rostro de mi mujer».

El viento me respondió:

«Sí, pero mira sus manos: dos orejas de venado».

Y yo miré, enternecido hasta las lágrimas, las manos de mi hija en el cuerpo de su madre.

Sus pequeños pies, su pecho plano.

Cuando escribo le doy agua a la muerte para que calme su sed.

Cumplo con el presagio.

En mi casa reposa un cuerpo casi convertido en Gabriela. Una criatura pequeña y joven, con la piel de la edad de una niña.

Hablará la lengua de los animales.

Espantará al cóndor.

Cuando mi hija renazca abrirá la boca llena de agua y pronunciará: «*Tus ojos vieron mi embrión, y en tu libro estaban escritas todas aquellas cosas que fueron luego formadas*».

Este es el libro.

Este es el agua.

Piedra VI
El despertar

Cuando enterré a Gabriela le pedí a Dios que guardara su espíritu dentro de su cuerpo como una alondra. Desde entonces un aleteo antiguo vibra en su pecho.

En la cama hay un cadáver de noventa centímetros de altura. El cabello fino, negro como el basalto. Las mejillas ígneas. Mi corazón tiembla al ver ese pecho subir y bajar de un modo apenas perceptible. Es la respiración de Gabriela ensanchándose a la velocidad de un vencejo: el aire de la montaña que entra en ella y la amplifica.

El aire de la palabra.

Sobre su tórax de niña muerta reposé mi cabeza día y noche hasta que oí sus primeros latidos, lejos, como el sonido de un tambor de vientre. Le cepillé el cabello con la peineta de su madre. Le limé las uñas todavía feas, todavía azules. Le coloqué el vestido blanco en el que mi mujer hundía su cara para llorar. Le acaricié sus piernas de potrilla recién nacida. Le lavé los pies, los genitales, las axilas, el cuello. Besé su piel acartonada e infantil con toda la pasión que alberga un padre y observé, conmovido, el rostro ovalado de mi mujer desvaneciéndose para darle paso a uno redondo, de pestañas densas y labios delgados.

Yo vi un cráneo reduciéndose junto a cada falange, cada omóplato, cada costilla. Vi cicatrices desapareciendo en el paisaje puro y libre de dolor de Gabriela.

Me acuesto a su lado. Su exterior hiede, pero adentro respira y bombea sangre para que yo duerma tranquilo. «Despierta, pequeña», le digo con el verbo que es como el agua y moja las piedras. «Cabalgaremos juntos hacia el volcán, lo subiremos y conocerás la verdadera altura de las nubes».

Sus párpados tiemblan. Se abren.

Con los últimos rayos de sol veo la grandeza de sus ojos de vicuña devolviéndome la mirada. Una de sus pupilas se fija en mí, pero la otra cae hacia la izquierda y se oculta en el interior de su cráneo.

El sol se apaga.

De su mano abierta sale disparado y frenético un colibrí azul.

PIEDRA VII
LA PROMESA

«Cabalgaremos juntos hacia el volcán, lo subiremos y conocerás la verdadera altura de las nubes», le dije a Gabriela renacida mientras le hacía una trenza. El páramo estaba quieto y luminoso. A lo lejos, la tierra temblaba.

Un indio cruzó las inmediaciones montado en un caballo colorado y nos miró con horror.

Yo le sonreí al viento.

«No tengo miedo en el alto páramo, pero temeré», le dije a Gabriela y le limpié la saliva que empapaba su cuello.

El colibrí azul vuela muy cerca de ella en un aletear inagotable. Cada tres horas le mete el pico en el centro del pecho como si se alimentara de su corazón. Gabriela apenas se mueve. Su pulso es arrítmico, su respiración tosca. Sus ojos se pierden a menudo en la llanura y en el interior de su cabeza. Entonces una mirada blanca y lunar como las piedras de su tumba se le talla en el rostro: una que me muestra la profundidad real del mundo de abajo.

El *Uku Pacha*, el sitio de donde yo arranqué su sombra.

Mi hija no habla. Su mandíbula cae abierta cuando la saco de casa a que le dé el aire. El olor de su carne es fuerte, pero fuertes son los pajonales y las marcas que los tapires dejan sobre la tierra. Fuerte es el amor de un padre que la cubre del frío de su propia muerte. «Gabriela, tu taita y tu mama han vuelto a engendrarte», le digo acariciando su espalda amoratada. «¿Recuerdas lo mucho que te gustan las flores, mis manos, el mote, la neblina? ¿Recuerdas que encoges la nariz cuando te llamo tesoro, romerillo, estrella?».

Su boca se abre para dejar salir un poco de saliva anaranjada.

«He llenado la casa de flores. Te entrego mis manos, el mote, la neblina. Son para ti, mi *Hanan Pacha*».

Cuando la mezo entre mis brazos regreso a la primera vez que la sostuve. Lo más bello y frágil de este mundo, pensé, un huevo de colibrí que pedía a gritos mi calor.

Y lo llamé Gabriela.

Gabriela dientes de piedra blanca.

Gabriela pelo de estrella.

Le puse nombre y su nombre me cubrió de las cenizas y del hambre de los halcones. «No es normal que un padre sobreviva a su hija», le digo al viento y la veo intentar caminar hacia mí, pero se tambalea y cae de espaldas como cuando tenía tres años. Su madre la habría levantado, pero yo dejo que encuentre el camino de vuelta hacia sí misma.

Le pongo la montura al caballo, le cuelgo a la derecha una mochila con agua y víveres. «Haremos un viaje juntos, romerillo. Un viaje hacia el volcán». Le cuelgo a la izquierda una bolsa llena de piedras blancas.

Una pluma negra cae sobre mi cabeza.

PIEDRA VIII
EL LOBO Y EL ERIAL

Cabalgamos ladera adentro con el sol escondiéndose tras la montaña. Vimos cabritos, liebres, vacas, corderos, hasta que la tierra dejó de ser verde y la arena cubrió demasiado espacio y solo hubo silencio tras los frailejones florecidos.

Serpientes de un único color emergieron de las rocas surcando el suelo. Me pareció ver una sin ojos levantarse igual que una cobra a pocos metros de distancia. Le pregunté a Gabriela si alguna vez había visto un animal sin ojos, pero no me respondió. Sobre su cabeza el colibrí aleteaba incansable como el pensamiento. Sentí el peso de mi hija apoyada contra mi espalda y el batir de las alas de su pecho. Le tomé las manos azules, aseguré sus brazos lánguidos alrededor de mi cintura. «Mijita, no te caigas», le dije. Y no me respondió.

Antes, la piel de Gabriela era limpia y suave como la de un pájaro. Ahora está seca igual que un nido vacío.

«Aprenderá a hablar y a caminar», le susurré al aire proveniente de la montaña. «Lo sé porque yo arranqué su sombra del subsuelo».

Esta escritura es un conjuro.

El erial nos encontró solos y solo lo encontramos a él. Mientras nos adentrábamos en su terreno los pajonales se multiplicaron y el viento arreció levantando el polvo. A medio enterrar vimos cráneos, vértebras y fémures: esqueletos de alpacas, halcones, venados, lobos, zarigüeyas y curiquingues poblaron nuestro camino. El caballo los esquivaba pero a veces pisaba un hueso y sus músculos se encogían hasta el fondo del sol.

«Un caballo jamás pisa a un muerto», le recordé a Gabriela.

Cerca del volcán los esqueletos aumentaron y la arena se oscureció como la noche. El sol se apagó, pero la luna y las estrellas iluminaron el sendero con claridad. Le acaricié la crin al caballo y le tararé una vieja canción para que ignorara el olor de las cenizas. Levanté la mirada al cielo.

Descansé de la visión ósea de la tierra.

Los esqueletos se rompían bajo los cascos y el sonido trajo consigo un dolor próximo que me hizo apretar con fuerza las manos de mi hija. Había huesos grandes como la pelvis de un hombre, y otros tan delicados que con nuestro peso se convirtieron en polvo.

Había cráneos de Dios. Espinas dorsales que formaban jardines.

La muerte esculpe nuestros cuerpos a su forma esencial y luego nos deja solos. «Somos esculturas relegadas al desierto», le dije a Gabriela. «Menos tú, romerillo mío, que fuiste arrancada de tu propia sombra». Los crujidos me tensaron la espalda en donde mi hija dejaba caer su saliva lentamente.

El volcán arriba parecía un planeta. Comenzamos el ascenso y entre las rocas vimos un lobo de ojos brillantes sonriéndole a la noche. En su hocico sostenía el cuello largo de una vicuña niña. Creí verla llorar y el frío del nevado caló en mi sien.

Le pedí a Gabriela que no mirara la sangre, pero no me respondió.

PIEDRA IX
PRIMER REFUGIO

Llegamos al primer refugio antes de que amaneciera. Até al caballo salpicado por el polvo de los muertos y me senté con mi hija sobre mi regazo. La abracé tiernamente. Le di de mi calor aunque yo era el único que temblaba. El sol subió por detrás del volcán como una llaga sanguinolenta hasta que tomó el color del pistilo de las margaritas.

«Romerillo, a ti te gustaban las margaritas que nunca crecerán en este páramo», le dije a Gabriela mientras el colibrí bebía de su pecho.

Una india de tres trenzas abrió el refugio. Cojeaba de una pierna y tenía el rostro hinchado y enrojecido.

«Es muy temprano», me dijo escrutando a mi hija.

«Mejor temprano que tarde», le respondí.

Nos miró con recelo y le quitó los candados a las rejas de la puerta principal. Llevaba con ella un perro sarnoso. Un perro enano y negro que le lamía los talones. Gabriela entró al refugio dando sus primeros pasos renqueantes. La sostuve del brazo y me dije: es la fuerza del volcán entrando en ella. La fuerza del volcán y la geología de mi amor.

Sobre una mesa ancha descansé la bolsa con las piedras de su tumba. Escribo: Hombres y mujeres llegan. Hombres y mujeres de pelo oscuro y dientes rotos. Un anciano arrastra un trozo gigante de hielo por la estancia hasta el mostrador. Hielo fresco del volcán. Hielo para las bebidas que nos protegen. La gente hace que el espacio sea más pequeño. Sus rostros son rojos. Sus manos, callosas. Cargan sacos de papas y choclo que dejan en el suelo junto a sus pies. Beben, hablan, ríen a carcajadas estrepitosas. El viento se hace oír sobre el tejado y los cristales de las ventanas.

De vez en cuando la pupila de Gabriela se asoma al exterior de su cuenca, pero casi siempre sus ojos son dos lunas que no me corresponden.

«Mijita, ¿qué es eso que ves al interior de ti?», le pregunto en voz muy baja.

Su mandíbula se abre y un hilo de saliva maloliente cae sobre la mesa.

Miro a mis costados. Varios indios han dejado de hablar entre ellos y nos observan con expresiones toscas y arrugas del tamaño de cicatrices.

El colibrí azul vuela en círculos. Desde el mostrador, la mujer de las tres trenzas camina hacia nosotros con el perro siguiéndole el paso. En total silencio coloca frente a mí un puñado de hojas de coca.

«Para usted y para su guagua», me dice, pero yo sigo escribiendo sobre las piedras.

Escribo: aprenderá a caminar y a hablar como antes. Soy el padre y el chamán. Soplo adentro de su boca. La insuflo de vida agreste. Le enseñaré a ponerse los zapatos. Le enseñaré a darle las gracias a la hierba.

Escribo: habla, tesoro mío, cielo mío, vida mía.

Habla, mi *Hanan Pacha*.

De su boca abierta caen cinco dientes que rebotan como dados sobre el suelo.

«Este es tu destino», me dice el viento.

Su saliva es un río helado que no tiene peces.

PIEDRA X
LA PASIÓN

Piedra blanca.

Piedra amarga.

Me duelen los párpados. En las madrugadas, aprieto la mandíbula y hago rechinar los dientes. Escupo sangre cuando sale el sol. El cuerpo me duele. Sé lo que esto significa, pero no me gusta escribirlo.

Piedra blanca.

Piedra amarga.

Gabriela no pronuncia el verbo que pongo en su boca, apenas se mueve en el agua de mis palabras. Parece una hoja seca flotando en el lago y yo un niño torpe que la confunde con una visión: una hoja verde, un árbol, una semilla. Pero en el páramo hay pocos árboles y la vida late como una piedra golpeando otra piedra.

Piedra blanca.

Piedra amarga.

La piel de mi hija tiene el color turbio de las cenizas. No es la piel que amo. No es la piel que beso en sueños y recuerdo como un campo amarillo de mariposas. A veces le canto en un ritmo inventado para que sus cartílagos despierten: «Tú no lo sabes, pero los volcanes son los lagrimales de la tierra».

Me habría sonreído antes. En cambio ahora suelta sus dientes por el camino.

Piedra blanca.

Piedra amarga.

Ascendimos a caballo contemplando el paisaje de rocas negras. Por la tarde, el volcán atravesó el cielo igual que una lanza terrestre: un arma que hería sin miedo el mundo de arriba. Abajo, el sol quemaba y el aire se volvía hielo en los pulmones. Yo canté, fatigado:

«Romerillo, tú no lo sabes, pero estamos subiendo al origen de la lágrima».

El oxígeno comenzó a faltarnos poco después. Gabriela reposaba sobre mi espalda, pero mi cuerpo se tornó frágil como el cristal. La tierra era pétrea y cada vez que el sendero se empinaba el caballo resbalaba unos metros hacia abajo. Lo abandonamos, exhausto y con los cascos heridos, en alguna parte del trayecto.

Sobre mi espalda cargué a mi niña y la bolsa de piedras blancas donde conjuro su pulso. «Tus palabras no tienen la pasión suficiente para resucitarla», me dijo el viento gélido del volcán, pero mi trabajo es sacarle palabras vivas a la naturaleza.

Piedra blanca.

Piedra amarga.

El páramo es el corazón de la piedra. Sus criaturas conservan bajo el pelaje todo el placer y todo el dolor que hay en este mundo. Escribo: un venado da a luz a un cervatillo y descubre la bondad. Descubre el sentido de su biología, el deseo de proteger lo que es imposible de proteger: lo vulnerable. Entonces va hacia la vida acompañado, y los días son azules y las noches son blancas. Pero un lobo aparece y el venado deja caer su leche sobre la tierra seca. Siente, por primera vez, el desgarro. Brama en la bruma. Come sin que haya alimento que calme su hambre. La hierba es la misma, pero su cuerpo será débil para siempre y reposará en el polvo.

Yo comprendo la lengua de los animales, comprendo su llanto: soy un chamán. Y un hombre pequeño ante las constelaciones.

Piedra blanca.

Piedra amarga.

Cargué a Gabriela y subí pendiente arriba para mostrarle la altura del cielo. A poca distancia vi al mismo lobo que cazó a la vicuña siguiéndonos con el hocico ensangrentado. Su presencia me nubló la mente y, de pronto, vi granizo, lava, muslos, escorpiones. Vi niños con rostros derretidos y mi mano tallando una súplica al fondo de una cueva.

Piedra blanca.

Piedra amarga.

El lobo nos siguió hasta la lengua del glaciar y lo hizo con más ímpetu aún sobre la nieve. Sus ojos son grandes y oscuros como la carne de noche. Cuando los miro temo por Gabriela, agarro sus manos y las beso con mis labios rotos y sangrantes.

Le digo: «Romerillo. Estrella. Tesoro».

Mi hija no bebe de las palabras que le entrego. Mi hija ya no sabe beber.

Piedra blanca.

Piedra amarga.

Solo hay una verdad manando de las grietas: escribir es estar cerca de Dios, pero también de lo que se hunde.

Solo hay una verdad brotando desde el fondo del hielo: la escritura y lo sagrado se encuentran en la sed.

En cada piedra hay revelaciones que no pedí: fósiles entre los pajonales, uñas y cabellos entre las flores. «Tú no lo sabes, pero los volcanes son los lagrimales de la tierra y yo te estoy llevando al origen de la lágrima», le digo al colibrí que revolotea sobre el cráneo de Gabriela.

Piedra blanca.

Piedra amarga.

De mi espalda cuelga ahorcado el universo.

PIEDRA XI
SEGUNDO REFUGIO

Cuando llegamos al segundo refugio la neblina entró con nosotros. En el salón una docena de hombres y mujeres se abrazaban, se besaban, se acostaban sobre las mesas con las mejillas rojas y las pupilas abiertas. Se reían con plenitud. Un hombre calvo tocaba una quena de hueso y la gente bailaba a su alrededor en círculos. Palpaban las caderas de sus compañeros y también el aire. Saltaban, jadeaban, repetían palabras con los brazos extendidos y los ojos cerrados. Tenían los cabellos adheridos a la nuca y a la frente. Suspiraban. Bebían San Pedro en jarras grandes. Se mojaban el pecho.

Hacía calor y una luz tenue bañaba los pies descalzos que golpeaban el suelo. Gabriela y yo nos sentamos lejos de la fiebre. Apoyé los codos sobre la mesa y mi respiración fue calmándose poco a poco, descansando del peso y del apunamiento. La de ella, en cambio, se mantuvo estertórea.

El colibrí volaba con torpeza sobre nuestros hombros.

«No está bien subir tan rápido el volcán: un volcán debe treparse lento», le dije a Gabriela. «Pero temo los pasos del lobo y su olor a ponzoña».

La quena tañía una música del mundo de abajo que hechizaba los tímpanos. Un sonido de esqueleto de pájaro, una posesión. Frente a nosotros los cuerpos danzaban alegres y escindidos: de la cintura para arriba flotaban en el aire, de la cintura para abajo se hundían en la tierra. Llorando de alegría una mujer levantó los brazos y dijo: «¡Aprendamos a llorar! Llorar es hermoso. Llorar es darle de beber a la piedra, darle de beber al desierto».

Miré a Gabriela. Su piel amoratada y sus ojos lunares me recordaron el verdadero aspecto de mi hija: la apariencia que no he traído de vuelta, la voz que ya solo escucho en mi memoria.

Un lobo se mueve raudo en la nieve, pero lento es el glaciar que se derrite. Lenta la lava y los lahares. Lento es el día. Lenta es la noche. Lentos los rayos y el olor a muerte que lo impregna todo para recordarle a los vivos: «Yo arrancaré tu sombra del fondo del monte y del sol».

No hay alimento para un lobo a esta altura, solo nosotros.

La puerta del refugio se abrió y un indio de poncho gris se detuvo en el umbral. Los cuerpos continuaron su danza, indiferentes, mientras él cerraba la puerta tras de sí. Se sacó los zapatos, saludó a una señora robusta a la distancia. La luz era tan leve que al principio no reconocí su rostro, entonces se acercó encorvado, aterido, y vi en su piel las marcas de todos los muertos.

La quena silbó más fuerte. Yo tomé a Gabriela y la pegué a mi pecho.

«Es duro seguir las huellas de un hombre que sufre», me dijo sentándose con nosotros como si los miembros le pesaran demasiado. Sus ojos eran carne de noche. Su boca, un hocico manchado con sangre seca de vicuña niña. «Pedro, vengo a decirte lo importante», me dijo apuntándome con su dedo calloso. «No eres un chamán, sino un hombre. Y no existen palabras en este mundo con la pasión suficiente para resucitar a un muerto».

Di un golpe estruendoso sobre la mesa. Más allá los cuerpos bailaban al ritmo del canto de los pájaros del subsuelo. Un lobo conoce los caminos, conoce el olor del miedo. Junta a su manada y busca al desviado, al torcido. Le pide que entre en razón, que regrese a la vida. Un hombre que es un lobo reconoce a otro hombre que es un lobo.

«No la salvaste, ahora vete», le respondí con todo el rencor que llevaba dentro.

En su mejilla izquierda vi la muerte de mi hija. En su derecha, la de mi mujer.

Acercó su asiento y yo lo dejé examinar a mi estrella como antes, cuando sus manos poseían el poder limpio de la sanación. Lo dejé reposar su oído en el tórax amado. Lo dejé palparle las costillas. Y escuchó el débil aleteo del colibrí bombeando aire puro, aire de montaña, al interior de un corazón. Así lo hice antes y le rogué que la salvara. Los indios no querían, pero él puso plantas y ungüentos sobre el cuerpo de Gabriela. «No eres un chamán, sino un hombre», me dijo cuando la fiebre no bajó. «Prepárate para lo que el viento traiga».

En el refugio exploró a mi hija con la misma intensidad. Sus dedos se movieron por el cuello amoratado de Gabriela renacida. Dio suaves golpecitos en su vientre hinchado. Nadó en el espacio blanco de sus ojos, blanco como piedras sepulcrales, y me dijo:

«Hay retornos más tristes que desapariciones».

Mis manos temblaron. Por un instante mi hija giró la cabeza y creí que me llamaría papaíto, que me abrazaría, que me daría besos en la frente. Pero de su boca cayó la última muela y vi, muy adentro de ella, un precipicio: una lengua recogida sobre sí misma, pálida, como un monolito en Marte. Y quise llorar.

«¡Los volcanes son los lagrimales de la tierra!», gritó la mujer que mojaba el suelo con sus lágrimas alegres.

Es inagotable la pena que un cuerpo es capaz de sostener.

Gabriela: desde tu muerte aparto
la mirada de cualquier retoño.

PIEDRA XII

LA CIMA

El lugar es la oscuridad. El sol de la tarde muriendo estalla con una primitiva violencia sobre mi cabeza. Estoy cansado, las piernas me tiemblan. Subo el glaciar con mi hija colgando de un paño a mi espalda. Subo y lucho contra la pendiente, el hielo y la soledad. No hay neblina en esta cumbre. El cielo se ha despejado y frente a mí queda una tundra blanca y resplandeciente que refleja la luz menguante.

Veo dunas de nieve. Picos de hielo escarchado.

El viento del glaciar es gélido y me obliga a ir despacio. A seis mil metros de altitud el aire entra en el cuerpo a cortas bocanadas. Los pulmones se marchitan. Siento una punzada en el centro de la frente y abrazo la bolsa con las piedras de la tumba de mi hija.

Pongo un pie delante de otro. Me hundo, pero emerjo.

No es normal que un padre sobreviva a su hija, que las flores broten, que las alpacas coman juntas en la hierba y el agua sea fresca y llegue a los ríos y a las lagunas. No es normal que la vida continúe después del dolor, del envejecimiento repentino de mis huesos ante la integridad de las cosas.

La vida es joven y yo estoy por fuera de ella.

Abajo queda el verdor del páramo andino. Un mar de nubes blancas se confunde con la nieve y se extiende hasta el horizonte.

«Estamos en el cielo, mi *Hanan Pacha*».

Siento a Gabriela en el hielo y me siento junto a ella. Reposamos en silencio sobre la cúpula del volcán. Hay un océano falso que nos alumbra y el sol cae, cae hacia el mundo de abajo que está oculto y oscila.

El lugar del duelo es la noche.

«Romerillo», le digo casi en un susurro, con los labios temblorosos y desnudos de pasión.

Yo creí que su alma estaría escondida en una de estas piedras. Las limpié y escribí palabras que cruzaran el vacío mineral, pero la belleza sigue y el vacío crece. El viento se levanta.

Tomo la diminuta mano de Gabriela y le digo:

«Quise verte crecer. Imaginé que crecías. Tenías el cabello largo hasta los talones, lustroso. Eras bella como tu madre. Te imaginé corriendo con las piernas fuertes, acariciando a las ovejas, hablando de caballos que luego montabas sin ningún miedo».

Su mano es una libélula dormida en el agua. Frágil, hace que la mía parezca un pantano.

«No podrá ser, perdóname», le susurro llorando sobre la nieve.

El colibrí azul, con su aletear enfermo, desciende hasta la mano de Gabriela y se posa en ella. Miro a mi hija con la hondura de mi desasosiego. A mi alrededor el mundo se muestra amplio y hermoso, conmovedor y agresivo. Estoy solo en esta inmensidad. Solo y desprotegido.

«No va a poder ser».

La miro con ternura irreductible. Gabriela me ha enseñado esta ternura, pero es una emoción que ya no necesito. Escucho el silbar del viento, el hielo cruje, me parece que la tierra tiembla cuando en realidad soy yo quien se estremece. No me sirven ni el amor ni la belleza. Descubro, por primera vez, lo único que la palabra hace sobre la blancura de estas piedras: plantar una semilla de árbol en la luna. Una semilla de árbol destinada a la sed.

«Perdóname».

Gabriela no me devuelve la mirada, pero hay una semilla de árbol en sus ojos lunares. Le beso la frente. Escribo: Delicadamente ella cierra la mano con el colibrí adentro y cae, inerte, sobre la nieve.

Y Gabriela cae como un cuerpo muerto cae.

AGRADECIMIENTOS

Este libro no habría podido ser sin el apoyo de Alejandro Morellón, quien me acompañó con amor y paciencia durante el proceso. Gracias, Álex, por leer mis cuentos más de una vez sólo para demostrarme que lo merecían.

Gracias también a Manuela, Ricardo, Oliver y Michelle, mi segunda familia a este lado del océano, pero, sobre todo, gracias a mi primera y más grande familia: Mónica, Pablo y Paula. Los amo y los extraño todos los días.

Le agradezco profundamente a Juan Casamayor por creer en mi escritura. A Juan F. Rivero, Lidia Hurtado, Guillermo Morán, Daniel Montoya, Claudia Bernaldo de Quirós y Matías Candeira por haberme dado sus impresiones sin las cuales este libro sería diferente. A Ingrid, Mene, Camila, Ana Rocío, Leonor, Carlos, Leira, Malena, Anggie, Evelyn y Gio por los bailes y la amistad infinita.

Por último, agradezco a todxs lxs activistas antirracistas que con su lucha me siguen enseñando hasta el día de hoy lo importante que es que se cierren los CIEs y que se abran las fronteras. Para ellos va también este libro de embelesamiento por los paisajes y mitos andinos, esta búsqueda de ampliar mi geografía sentimental de los manglares hasta los volcanes.

Esta sexta edición de
Las voladoras
de Mónica Ojeda
se terminó de imprimir
hacia el final
de octubre
de 2023